DE LA MÊME AUTRICE

Le Ras-le-bol des super women, *Calmann-Lévy, 1987*

Lettre à mon fils – et à tous les petits garçons qui un jour deviendront des hommes, *Calmann-Lévy, 1991*

Cinquante centimètres de tissu propre et sec, *Grasset, 1993*

Un bonheur effroyable, *Grasset, 1995*

Des gens qui s'aiment, *Grasset, 1997*

La Prisonnière *avec Malika Oufkir, Grasset, 1999 ; Le Livre de Poche, 2000*

Le dernier qui part ferme la maison, *Grasset, 2004*

Elle, 1945-2005, *avec Marie-Françoise Colombani, Filipacchi, 2005*

Victor, *Grasset, 2007*

Helena Rubinstein, la femme qui inventa la beauté, *Grasset, 2010 ; Le Livre de Poche, 2012*

La Nuit de Bombay, *Fayard, 2014 ; Le Livre de Poche, 2016*

Janet, *JC Lattès, 2018, Prix Chadourne 2019 ; Le Livre de Poche, 2020*

La Famille de Pantin

Michèle Fitoussi

La Famille de Pantin

Stock

Illustration de couverture : © Julia Bourdet,
d'après une photographie de Myriam Levain

Maquette de couverture : © Julia Bourdet

ISBN : 978-2-234-09047-7

« Finalement, notre histoire
est notre seul patrimoine. »

Eduardo Halfon

« On n'en a jamais fini avec son pays natal. »

Albert Memmi

Pour Abel qui porte tant de mondes en lui

Quelques jours avant les fêtes, le message apparaissait sur le WhatsApp collectif, comme un affectueux rappel à l'ordre, une injonction à rester groupés : « Il est temps de rendre visite à la famille de Pantin. »

Tante Pim et son génie des formules. En deux mots, elle nous rassemblait tous. Même si nous ne les voyions plus qu'en rêve, comme les doux fantômes qu'ils étaient devenus, les nôtres nous semblaient moins perdus. Ils ne nous avaient pas quittés, ils vivaient ailleurs, de l'autre côté du périphérique où nous ne nous aventurions qu'avec une extrême prudence. La France, pour nous, c'était d'abord Paris.

Montparnasse aurait été plus chic, plus conforme à nos critères bourgeois. Mieux fréquenté aussi : Joseph Kessel, Serge Gainsbourg, Claude Lanzmann, Adolphe Crémieux, et tant d'autres Juifs admirables. Mais au prix du terrain, ils avaient dû en rabattre.

À Pantin où ils ne connaissaient pas grand monde, les nôtres se contentaient d'inconnus pour voisins, si l'on excepte Emmanuel Levinas, Reinette l'Oranaise ou le patron du restaurant Chez Bébert. Dans son carré, ma mère s'était fait une place entre Alfred Boutboul et Fernand Cohen. Moins flatteur pour l'ego, certes, mais comme l'avait dit tante Pim, allez savoir, peut-être que l'un des deux lui plairait. De son vivant, cela nous aurait bien arrangés.

Albert et Sarah, ses parents, reposaient plus loin, côte à côte sous la même pierre noire polie par les ans. Oncle Pat, son frère aîné, dans un autre carré encore, avec tante Jac, sa femme bien-aimée qui l'avait rejoint sur le tard. Cet ultime exil les avait tous conduits là-bas, séparés mais ensemble.

À présent, c'étaient nous, les vivants, qui nous sentions dispersés.

Nous allions les voir avant les fêtes comme le veut la tradition. Nous étions rarement au complet. Chacun avait sa vie, ses occupations, de bonnes raisons de se dérober.

Pour gagner du temps, nous nous entassions dans la voiture d'oncle Pap, serrés à l'arrière comme les enfants que nous n'étions plus. Tante Pim menait la conversation ponctuée d'éclats de rire – nous raffolions de ses reparties comiques.

Ce qui aurait pu être sinistre devenait joyeux comme nos fêtes. Ne manquaient que les youyous.

Bientôt oncle Pap franchissait le portail flanqué des deux colonnes de pierre qui prolongeaient les murs d'enceinte et se garait devant le pavillon des gardiens. Pendant qu'ils m'attendaient dans la voiture, j'entrais dans la maisonnette en affichant ce sourire commercial qui exaspère tant mes enfants.

Je suis confuse, disais-je au préposé, j'ai oublié où repose ma famille, pensez donc. Le préposé n'en pensait rien, il veillait sur ses administrés, tâche ingrate peut-être mais peinarde au vu du calme qui régnait dehors. Il me faisait répéter l'orthographe (Z comme Zarziz, T comme Tabarka), consultait son ordinateur. L'imprimante crachotait bientôt une feuille couverte de carrés identiques. Je ne retenais rien de ce qu'il m'expliquait trop lentement à mon goût, ce qui n'empêchait pas mes mercis hypocrites lorsqu'il me tendait la carte annotée, accompagnée d'un « bonne chance » de mauvais augure.

Nous connaissions ce rituel par cœur. Comment expliquer alors l'amnésie qui nous gagnait dès l'arrivée et nous empêchait de courir vers leurs tombes ? Pourtant la dernière fois et celle d'avant et celle d'avant encore, nous avions inscrit les emplacements sur nos téléphones, des carnets, des bouts de papier, en nous promettant de ne pas les perdre. Ce que nous nous empressions de faire dès que nous quittions les lieux.

C'était comme si, en vérité, nous redoutions ces rencontres. Se recueillir devant leurs sépultures signifiait qu'ils étaient bien morts. Pas en voyage. Pas ailleurs. Certains matins, quand j'avançais la main vers mon téléphone, je mettais quelques secondes à me souvenir qu'il ne sonnerait plus pour eux.

La carte ne servait à rien. Je m'appliquais à la déchiffrer mais bientôt tout se brouillait, les angles, les droites, les ronds-points, les avenues. Nos carrés étaient introuvables. À se demander s'ils étaient bien réels. Chacun s'en mêlait, donnait son avis sur l'itinéraire. Surtout moi, qui avais recueilli les informations à la source. Surtout tante Pim qui avait l'habitude de venir. Surtout oncle Pap qui conduisait. Surtout les autres accompagnants, enfants, neveux, cousins, dont l'opinion comptait aussi. Nos voix se chevauchaient, les décibels saturaient l'habitacle, l'énervement nous gagnait à mesure qu'oncle Pap roulait le long des larges allées flanquées d'arbres centenaires qu'on regardait sans les voir. La nature n'a jamais été notre genre, ici encore moins qu'ailleurs.

Pantin est conçu comme un parc botanique, sans doute pour ne pas engendrer la tristesse. Il y a déjà largement de quoi. Même les noms des rues sont poétiques : avenue des Acacias Argentés, avenue des Marronniers à Fleurs Doubles, avenue des Noisetiers de Byzance. Une version bucolique de l'Éden. Pour nous, un condensé du Purgatoire.

Nous pouvions passer dix fois, cent fois, devant le carré d'Albert et de Sarah sans le reconnaître. Marche avant, marche arrière, demi-tour, retour au premier obélisque, jusqu'à ce que l'un d'entre nous, pressé d'en finir, prenne la direction des opérations.

À l'agitation succédait le calme, à l'imprécision, la cohérence. L'angle des avenues du Fort et des Charmes Pyramidaux finissait par apparaître, signe que le Ciel voulait bien nous aider. À peine sortis de la voiture, nous partions à leur recherche.

L'errance reprenait. Sous la pluie ou le soleil, nous errions. Dans la glaise qui collait à nos semelles, nous errions. Le visage concentré par notre quête, le corps légèrement penché en avant, nous errions. Nous avions trois mille ans de pratique.

Laissant les autres se déployer, j'examinais les patronymes. Lumbroso, Weil, Hayat, Shapiro, Tuil, Vidal, Amsellem, Dreyfus, Benisti, Uzan, Cohen… Séfarades, ashkénazes, levantins, mizrahis, livournais, romaniotes. Un concentré d'histoire et de géographie sur quelques mètres carrés de pierres et de boue.

Chaque tombe attestait d'un destin minuscule écrit à l'encre de l'exil. À eux tous, combien de passeports et combien de valises, combien de larmes et combien de regrets ? J'imaginais les adieux, les départs, les frontières, les billets, les avions, les bateaux, les pays traversés, les arrivées difficiles.

Naître ici, vivre là, s'éteindre ailleurs, nous en avions pris l'habitude, le départ est inscrit dans nos gènes. « Ah si tous ces gens savaient comme il est harassant de ne jamais être sûr de mourir au lieu de sa naissance », s'était exclamé Albert Memmi, sans doute un jour qu'il était fatigué d'être juif.

Autour de moi, l'étrange ballet se poursuivait, ponctué par des exclamations et des rires. Ce rituel nous rapprochait. C'était comme si nous jouions une partie de cache-cache, dont seule notre famille, qu'elle soit du dessus ou du dessous, connaissait les règles.

S'amuser est une tradition chez nous, une marque de fabrique dont nous avons tous hérité.

On fait comme si rien n'était sérieux, comme si la vie promettait toujours le meilleur, comme si la mort n'était qu'une aventure. On oppose l'humour aux tragédies, la dérision au malheur. La joie de vivre est notre mantra. Pourtant nous avons aussi la mélancolie facile, la *rassra* à fleur de peau. Les dépressifs, les maniacos, ne se comptent plus dans nos rangs. Un psychiatre de nos cousins dirige les plus perchés vers la clinique ou le divan. Certains s'y sont endormis pendant des lustres, d'autres l'ont quitté au milieu d'une séance, la guérison tardant à venir.

Comme elle l'aurait fait d'une liste de courses, tante Pim dressait un dossier sur chacun. « Des trucs, je leur demande des trucs, répondait-elle chaque fois que je l'interrogeais sur ses requêtes. Si je te dis quoi, ça ne pourra pas marcher. » Papy Albert, ajoutait-elle, ne l'avait jamais déçue.

Je n'insistais pas. Nous avions tous besoin des miracles qu'elle tentait d'obtenir à Pantin. C'était notre mur des Lamentations le plus proche, une ligne directe avec l'au-delà. Je l'observais tandis qu'elle se tenait debout devant les tombes, concentrée, les yeux mi-clos, les lèvres entrouvertes, chuchotant les bienfaits qu'elle attendait de sa visite.

Je l'aimais plus que je ne saurais dire. Ses cheveux aux nuances variables, du brun au blond selon l'humeur de sa coiffeuse, ses yeux tendres posés sur nous, sa bouche toujours prête au rire, sa fausse naïveté, ses digressions, sa cocasserie, ses exagérations, ses fous rires, et ses récents oublis qui l'agaçaient. Elle m'avait servi de mère chaque fois que la mienne s'absentait du monde. Elle était toujours là, fantasque, drôle, exagérée, distraite, fragile, mais solide cependant. Ma sœur et moi l'avions rebaptisée ainsi parce qu'elle avait pour habitude de se confectionner à la va-vite un chignon rond au-dessus de son crâne, comme l'héroïne de *Pim Pam Poum Pipo*, la bande dessinée que nous lisions chaque semaine.

Oncle Pap, qui devait son surnom à ses trois initiales et qui tournait tout en dérision, excepté l'amour qu'il portait à sa famille, plus quelques principes religieux, sortait de sa parka une kippa qu'il posait sur sa tignasse à peine grisonnante d'octogénaire adolescent. Puis il extirpait d'une autre poche un petit livre de prières usé par le temps, qu'il feuilletait avec sérieux, sans doute pour donner le change car il ne lisait pas l'hébreu.

« *Yitgadal veyitkadach cheme raba, bealma di vera khirout*[1] », les premiers mots donnaient

1. Que le nom du Très-Haut soit sanctifié dans le monde qu'Il a créé selon Sa volonté.

le signal. Des rabbins surgissaient alors d'entre les tombes et fondaient sur nous tels des faucons sur leurs proies. Le plus rapide gagnait le droit de réciter le kaddish à la place d'oncle Pap que cela soulageait, moyennant finances cela allait de soi, bien que cette deuxième partie du contrat fût tacite. Au cimetière comme à la synagogue, on ne parle pas d'argent.

Nous assistions à la scène, sans prononcer un mot. Je pensais à Sarah qui détestait le froid, la pluie, et par-dessus tout les cimetières. Pressé d'en finir, le rabbin volant priait à toute allure. Oncle Pap tentait de le suivre tandis que tante Pim, imperturbable, poursuivait sa conversation avec les morts. Il faut du talent pour s'adresser à eux. Dans ce domaine comme dans tous ceux où l'imagination est requise, tante Pim était une artiste.

Une créatrice, précisait oncle Pap avec indulgence quand il lui arrivait d'aller trop loin.

Ce dossier fermé, on remontait dans la voiture, espérant trouver oncle Pat. Nous possédions un indice : une photo ornait sa pierre tombale.

Quelqu'un finissait par s'exclamer : « Le voilà ! » Et oncle Pat apparaissait ou plutôt son visage gravé dans le marbre. Il resterait pour l'éternité ce sexagénaire faussement débonnaire, crâne dégarni, sourire flottant, regard masqué sous ses lunettes fumées de dictateur moyen-oriental. Ne manquait que la cigarette au bord des lèvres et ce rire rauque qui souvent se terminait en toux. Il aurait pu nous vendre tous pour un bon mot ou une poignée des pistaches qu'il avalait à la file, presque sans respirer. Il mangeait, fumait, buvait, jouait, claquait, lisait, comme si sa vie en dépendait. Jamais à court d'une vanne ou d'un trait d'esprit, même quand la situation était sans issue. Surtout quand elle l'était.

Nous n'avions rien à lui demander, du reste ses poches étaient souvent vides, en général c'était plutôt lui qui nous tapait. Mais nous avions toujours besoin de sa truculence et de son humour grinçant. Il nous semblait encore l'entendre disserter avec brio sur le thon ou la boutargue, vanter une partie de poker qui avait siphonné ses comptes, moquer les huissiers qui avaient trouvé porte close. Tante Pim lui donnait de nos nouvelles, oncle Pap lui rapportait les courses à Longchamp.

La conversation finissait par languir. Nous sentions son corps massif flotter au-dessus de nos têtes comme pour nous retenir encore. Sans les copains, les cartes et les affaires, il devait s'ennuyer à mourir. Tante Jac l'avait rejoint depuis peu. Soixante-dix ans d'amour fou que sa mort, vingt ans plus tôt, n'avait pas interrompus.

La dernière visite était pour ma mère. Nous étions habitués à sa solitude, pourtant nous avions toujours un pincement au cœur quand nous nous approchions de sa tombe. Ma sœur en avait choisi le marbre gris pâle. Elle l'aurait beaucoup aimé, remarquait tante Pim en frottant la pierre avec un chiffon qu'elle sortait de son sac pour en ôter la poussière, votre mère, la pauvre, avait un sens inné de l'élégance.

Ma-mère-la-pauvre. Le chagrin ne venait pas sur ordre. Parfois il ne venait pas du tout. Il me prenait plus tard, ailleurs, par surprise. « Jure que tu me feras piquer si un jour », disait ma sœur quand nous allions la voir à l'Ehpad, comme on désigne pudiquement les antichambres de l'enfer. Mes enfants l'appelaient Yaya ou Yayo, un surnom tendrement conjugué dans leur hommage le jour de son enterrement : Yéyé pour son côté rock'n'roll, Yoyo pour son humeur variable – et pour les gâteaux du même nom –, Youyou pour notre Tunisie natale.

Un petit pays d'opérette, comme l'écrivait Albert Memmi. Un petit pays peuplé depuis tant d'années de nos fantômes. Un petit pays où nos traces s'estompent, où nos souvenirs se brouillent, où notre mémoire se fragmente.

Un petit pays où nous ne sommes plus rien, puisque nos morts reposent en France. Il nous reste cependant une sentinelle. Simon, mon arrière-grand-père, le père bien-aimé de Sarah, qui veille, solitaire, au cimetière du Borgel à Tunis.

Lui seul témoigne que nous y fûmes.

J'ai mis longtemps à me décider. J'ai d'abord fait quelques tentatives, noirci des pages que j'ai rangées avant de les oublier. Ça ne marchait pas. Ça ne marchait jamais. Alors je laissais tomber, je racontais la vie des autres, c'était toujours mieux, plus intéressant, plus grandiose que la nôtre.

Il arrive pourtant un moment où il n'est plus possible de se dérober. Plus j'avance en âge et plus j'éprouve le besoin de comprendre ce qui était jusque-là imprécis, de rassembler mes souvenirs, de transmettre ce qu'on ne m'a pas transmis ou si peu. Cette fois j'y suis pour de bon. Pas d'esquive. De la Tunisie à la France et inversement, mon chemin a été long.

Je veux combler les manques et les silences. Dire d'où nous venons et qui nous étions à mes enfants, à mon neveu, à mon petit-fils qui ajoute l'Espagne à ses gènes, à ceux qui viendront à sa suite. Quand on est riche de tant de socles, il est bon de les connaître tous.

C'est d'abord pour eux que j'écris ce livre. C'est à eux que je veux raconter notre présence millénaire sur cette terre d'Afrique, cette communauté joyeuse dont notre famille faisait partie, les raisons de notre départ. C'est aux vivants que je m'adresse et c'est aux morts que je murmure. Mais c'est aussi à moi que je parle. À travers notre histoire, c'est la mienne que je cherche, c'est moi que je veux retrouver.

Je suis née française en Tunisie. Pendant longtemps cette identité a été une évidence, celle que j'avançais tout de suite, celle qui me constituait tout entière. La judéité passait bien après, et la Tunisie en dernier. Plus jeune, ce lieu de naissance que je déclinais chaque fois qu'il me fallait remplir des papiers me pesait.

Née à Tunis, Tunisie. Ça faisait sous-préfecture. J'aurais préféré New York, plus chic. Ou Papeete, plus exotique. Ou encore Łódź, Kiev, Cracovie, Vilnius, toutes ces villes de l'Est où la tragédie juive du XXe siècle s'était nouée. C'était sinistre, certes, mais moins trivial que ce Tunis qui sentait la friture. Le jasmin, aurait rectifié Sarah. La ligne suivante, celle de la nationalité, me sauvait.

Française. Pas métèque, donc.

Quand j'étais enfant, dans les cours de récré parisiennes, la confusion l'emportait. Tu es née en Tunisie, donc tu es tunisienne, m'assenaient comme une évidence mes camarades, qui se croyaient bien renseignées. Je ne me démontais pas. J'aurais pu me battre à coups de poing pour les convaincre du contraire. Je suis française, disais-je en arrondissant les lèvres, pour éviter de trahir mon accent.

Française.

Le reste ne m'intéressait pas. Au diable la Tunisie, ses Juifs, ses Arabes, son ciel bleu, son folklore à deux balles. Je voulais me démarquer des miens, ne rien partager de commun, surtout pas ce pays dont ils ne pouvaient se défaire.

Je me persuadais d'être différente de ma tribu. Dedans lorsque ça m'arrangeait car j'appréciais son humour, sa joie de vivre, son autodérision, son affectueuse sollicitude, sa nonchalance face au destin. Et dehors, car j'étouffais vite. Je me piquais d'être une mutante, une transfuge, n'importe qui mais pas moi. Je pensais qu'il suffisait d'effacer les syllabes traînantes, la voix forte, les mains qui parlent en même temps que la bouche, de me démarquer par mon métier, mon milieu, et cette distanciation hautaine mise sur le compte de la myopie quand on m'en faisait le reproche, pour faire oublier d'où je venais.

Je n'aimais pas plus le regard des autres, les natifs, les enracinés, leurs blagues lourdes qui tombaient à côté, leur incompréhension et leur mépris parfois, leur façon ridicule d'imiter notre accent et de tout mélanger, Tune, pied-noir, Juif du Sentier, Juif séfarade, sef, comme si nous n'étions qu'une seule entité, un magma de cheveux frisés, de teints mats, de gros culs, de tartines de harissa, de mères intrusives et de rabbins barbus. J'étais comme eux, ou presque. Française. Pourquoi ne le voyaient-ils pas ?

J'ai épousé un Français. Un vrai. Un de France. Les miens l'ont accueilli avec chaleur, prêts à l'aimer deux fois plus pour compenser le fait qu'il ne soit pas des nôtres. « Il vaut mieux un gentil goy qu'un méchant Juif », a commenté Sarah quand je lui ai annoncé notre mariage.

Dans sa famille, il y avait des maisons, du terroir, des arbres, des racines, ce que nous n'avions jamais eu, ce que nous n'aurions peut-être jamais. Nos enfants s'ancreraient dans le sol aimé. Ils seraient plus français que moi, plus légitimes. J'ajoutais tout bas, pour être la seule à m'entendre, que si l'antisémitisme revenait un jour, ce qui me semblait alors improbable, son nom serait pour eux le plus sûr des garants. J'avais cependant gardé le mien. Traître d'accord, *ma non troppo*.

Nos dissemblances nous amusaient. Il riait quand ma mère, rentrée chez elle en taxi après avoir déjeuné avec nous, me téléphonait pour me signifier qu'elle était bien arrivée. Ce qui me paraissait normal, car elle m'appelait cent fois par jour. La sienne, seulement en cas de problème.

J'ai adopté ses coutumes avec naturel. Il a tenté de comprendre les miennes. Il appréciait notre humour, notre hospitalité, la gaieté de nos fêtes, s'indignait quand nous en expédiions les prières. J'aimais les rituels de Noël en Auvergne, le sapin abattu dans la forêt par son père accompagné des petits-enfants, en file indienne derrière lui comme les lutins des contes, les guirlandes de papier crépon confectionnées dans la vaste cuisine, les odeurs de dinde et de gâteau au chocolat, la cérémonie des cadeaux. Ne manquait que la neige qui parfois acceptait de tomber ce soir-là, comme dans les livres de mon enfance. Chez nous aussi, on célébrait Noël, mais c'était une pâle réplique.

Avec lui j'étais enfin raccord. L'impression d'être un coucou qui prenait ses aises dans un nid qui n'était pas le mien m'effleurait par moments, mais je l'oubliais vite.

C'est bien après la naissance de nos deux enfants que cela m'a paru factice.

« Tu étais “négationniste” », m'a dit en plaisantant un ami journaliste, Juif de Tunisie, pour qui l'identité n'est pas un sujet. J'étais surtout très ignorante. Comment aurait-il pu en être autrement ? La France m'a été donnée au berceau. Je l'avais acceptée d'un bloc.

J'ai toujours parlé, lu, écrit, pensé, respiré en français. Je n'ai jamais appris l'arabe que les adultes employaient parfois entre eux quand ils ne voulaient pas qu'on les comprenne et dont ils essaimaient leurs phrases et leurs dictons. Les Gaulois blonds étaient mes ancêtres. On ne me disait pas le contraire.

J'avais cinq ans à peine quand nous avons quitté Tunis pour Paris. Je n'ai pas demandé pourquoi, c'était une évidence. Enfant, j'allais en vacances sur la Côte d'Azur, en Provence, au Chambon-sur-Lignon, mais j'ignorais où se situaient El Djem ou Kairouan. J'apprenais par cœur la liste des Bourbons, mais je ne connaissais pas les beys ottomans. Je visitais les cathédrales, jamais les synagogues, je savais à peine ce qu'était un rabbin.

Chaque fois que mon père rentrait de voyage, il nous rapportait des poupées régionales qu'on installait sur les étagères de la chambre que je partageais avec ma sœur. Je me souviens des sabots de bois de la Bretonne, de la jupe rayée de la Niçoise. J'aimais moins les autres, vêtues de burnous dorés, aux yeux bordés de khôl, que Sarah et Albert m'offraient quand ils venaient nous voir à Paris. Ma mère les appelait parfois au téléphone. Je comprenais que c'étaient eux car elle hurlait dans le combiné, comme s'ils étaient dans la rue et qu'elle leur parlait du haut du balcon.

Je ne demandais pas non plus pourquoi ils avaient tant tardé à nous rejoindre.

Il m'arrivait cependant d'interroger ma famille que la nostalgie rendait bavarde et c'était souvent gai du côté de Sarah, même quand ses anecdotes ne l'étaient pas. Les amis d'oncle Pat, de tante Pim et de ma mère portaient des surnoms rigolos, Bébé, Nano, Coco, Bobby. Ils se retrouvaient à la plage – Kheireddine, La Goulette, Marsa Cube, Le Kram, selon les codes subtils de leurs milieux sociaux –, écumaient les surprises-parties, nageaient, flirtaient, dansaient, les filles étaient les plus belles de Tunis, surtout Claudia Cardinale, leur idole, les garçons avaient un charme fou, ils buvaient du Boga, de l'anisette et de la boukha les soirs de fête, Albert et oncle Pat rivalisaient de blagues, le couscous de Sarah était le meilleur et de loin.

Leur Tunisie était si présente qu'il suffisait de les laisser parler, les souvenirs se déroulaient, sautant par-dessus les saisons, les années. Ils mêlaient l'important et le futile, prolixes en détails où le kif était roi, le *brikagi* et le marchand de *frigolos*, l'odeur des grillades et celle des frites Boccara, le pain italien et la boutargue fraîche, la fleur d'oranger et le jasmin, les siestes après le déjeuner dans la pénombre des maisons de la plage.

Toutes les facéties des personnages du petit peuple de Tunis qui devenaient, par la magie de leurs récits sans cesse remaniés, les acteurs d'un théâtre à la Pagnol. Apparaissaient tour à tour les Juifs, les Arabes, les Français, les Livournais, les Siciliens, les Maltais, les Grecs, les Espagnols, les Russes, les Anglais… Une mosaïque étincelante sous un soleil qui leur manquait tant.

Ya rassra… Il y a si longtemps.

Je n'ai pas enregistré nos discussions et je le regrette, j'aurais aimé entendre encore leurs voix chéries surgir du néant. La nuit, alors que le sommeil tarde à venir, je tente de les faire apparaître. Je m'endors en cherchant leurs intonations au fond de ma mémoire, mais les années les ont voilées.

Ils parlaient trop mais ils ne disaient rien. Ou peut-être était-ce moi qui ne voulais pas les entendre. L'arrachement à une terre qui était la leur depuis la nuit des temps, la mélancolie de l'exil ne signifiaient rien pour moi. Je m'impatientais quand Sarah déroulait sa litanie de regrets, je la sommais de ne plus radoter. À défaut de le ressentir, je ne devinais pas son chagrin.

Même quand j'en ai appris un peu plus, je suis restée au bord de nous. Cette fois, c'était volontaire. Qu'étions-nous au regard de l'Histoire ? Des Juifs de la douceur de vivre. Une quantité négligeable face à la tragédie de la Shoah. Nous n'avions pas d'identités cachées, pas de morts sans sépulture, pas de larmes sur des cendres. Ma famille n'était ni décimée, ni survivante, ni héroïque. Elle ne dissimulait aucun secret. Il lui avait suffi de prendre un avion pour recommencer son existence ailleurs. Même pas de quoi écrire un livre.

J'avais tort. Nous avons un passé. Nous étions parmi les premiers arrivés sur cette terre d'Afrique. Nous étions là avec les Phéniciens, les Libyens, les Hellènes, les Berbères, bien avant les Romains, les Chrétiens, les Vandales, les Byzantins, les Arabes, les Turcs, les Italiens, les Espagnols et les Français, enfin. Libres, puis soumis, puis émancipés, nous avons nous aussi façonné ce pays que notre départ a amputé. Nous n'étions pas seulement un morceau de cette mosaïque, nous faisions corps avec elle.

Que je le veuille ou non, mes racines sont là-bas, dans cette contrée bénie des dieux antiques, sur ses rivages baignés par la Méditerranée qui m'a bercée.

Mon existence a commencé dans la lumière d'un ciel d'hiver, parmi ces jasmins et ces oliviers, au milieu de ces maisons chaulées de blanc, au son d'une darbouka ou d'un luth, entre joie de vivre et mélancolie. Je suis imprégnée par cette terre quoi que j'en pense. Elle fait vibrer ma mémoire comme une chanson d'enfance apprise à l'âge tendre et dont la mélodie ne s'oublie pas. Comme un tableau vivant dont les couleurs, les odeurs et les sons se répondent. Le soleil de midi qui joue sur les vagues, le parfum puissant des figuiers, les incantations du malouf imprègnent tous mes sens.

Je sais reconnaître un Tunisien juif, musulman, italien, français, aux mimiques, à l'accent, aux intonations, au sourire, à la façon de manger, de parler, de se taire.

Nous nous ressemblons tous.

J'ai pris l'avion pour Tunis un mois de mars venteux et gris à Paris. L'atmosphère était la même quand j'ai débarqué sur le tarmac, plus humide cependant. Le ciel était lourd, chargé de nuages dont j'espérais qu'ils se dispersent vite pour pouvoir me gorger de lumière.

Je me suis installée à La Marsa, une station balnéaire proche de la capitale, située entre Sidi Bou Saïd et Gammarth. Cette partie de la banlieue nord, comme on appelle communément ce rivage tunisois, est un des fiefs de la bourgeoisie locale. C'est aussi un lieu de vacances privilégié pour les Juifs tunisiens qui habitent en France et qui, pour quelques jours ou quelques semaines, font semblant de n'avoir jamais quitté le pays.

Dans cet univers préservé, La Marsa, îlot cossu et calme, est un endroit à part. C'est une bulle de douceur à l'écart des secousses que traverse la Tunisie. Les ironiques la surnomment la Principauté.

J'ai loué une chambre dans la villa d'un ancien ambassadeur, un septuagénaire élégant au visage empreint d'une mélancolie discrète, qui regrette son adolescence au lycée Carnot quand les communautés se mélangeaient. Les rues autour de chez lui sont bordées de maisons blanches aux portes bleues, entourées de jardins clos d'où débordent les grappes éclatantes des bougainvilliers. En sortant, je me suis dirigée d'instinct vers la plage. Sous les nuages persistants, la mer passe du vert jade au gris pâle. Quand le soleil réussit à percer, les vagues s'ourlent de reflets d'argent.

La Méditerranée. Ma matrice et mon berceau. Dès que j'ai ouvert les yeux, elle s'est imprimée sur mes rétines. Son image ne m'a plus quittée. Quel que soit son rivage, elle me fait me sentir chez moi. Accoudée au parapet de pierre, devant les palmiers qui bordent la promenade, je l'absorbe, je m'en imprègne. Je ne m'en lasse jamais.

Ce n'est pas la première fois que je reviens. Les miens disaient « rentrer ». Tu es rentrée à Tunis ? Cela signifiait que la vraie maison était là. Ailleurs, c'était provisoire.

Revenue, donc. À trente reprises, peut-être plus. À différents moments de ma vie. À différentes époques de la Tunisie, qui a beaucoup changé et c'est heureux, mais semble par endroits figée dans le temps, ce qui me donne parfois le vertige. Je me souviens dans le désordre des moments que j'ai vécus là-bas. Ils s'empilent. Je les confonds. Il y en a plus que je n'imaginais. Je tire un fil et ils se bousculent. J'exagère quand je prétends ne rien connaître de ce pays.

Quand j'étais enfant, nous passions les mois de juillet à Kheireddine ou à La Goulette, dans des villas louées par mes grands-parents. Des images défilent. La mer qui sature le regard, le sable brûlant sous les pieds nus, Sarah qui nous courait après pour nous couvrir le crâne de chapeaux ridicules par crainte de l'insolation, nos petits corps maigres, bronzés jusqu'à la noirceur, les gros cafards luisants qui sprintaient sur les dalles de pierre dans les jardins où, le soir venu, on prenait le frais.

Adolescente, j'ai accompagné ma mère qui y prenait parfois ses vacances. Elle avait vendu notre appartement de Tunis et dépensait ainsi les dinars qu'elle n'avait pas le droit de sortir du pays. Nous descendions au Mégara ou à l'Abou Nawas, à Gammarth. Elle était dans son élément, connaissait la ville et ses environs par cœur. J'enviais sa maîtrise de la langue, son habileté à marchander dans les souks, sa science innée des usages. Elle se moquait de moi quand je les transgressais. « Tu es folle ? Personne ne se baigne au mois de mars à part les Américains. »

Plus tard, j'y suis allée avec des amis, avec mon mari, avec mon compagnon, avec mes enfants, invitée par l'Institut français, par les amis du lycée Carnot où je n'ai jamais étudié, en reportage pour *Elle*.

J'ai séjourné à Tunis, Gammarth, La Marsa, Hammamet, Sousse, Djerba, j'ai visité le pays de Sidi Bou Saïd à Tozeur. J'ai mangé des beignets au sucre, des bricks à l'œuf en léchant mes doigts dégoulinants de jaune, des fricassées au thon bien grasses qui m'ont emporté le palais, du couscous rouge, du poisson grillé arrosé d'huile d'olive et de citron, des figues quand c'était la saison, en enfouissant ma bouche dans leur chair violacée au goût de miel.

J'ai acheté des tapis, de la vaisselle, des miroirs anciens, des tissus, des foutas, des encens, des parfums, des keffiehs palestiniens que ma sœur et moi portions autour du cou le soir de Kippour, pour bien souligner que nous étions des rebelles.

J'ai maquillé mes yeux de khôl, teint mes cheveux au henné, mis des bracelets berbères à mes poignets, des petites mains de Fatma et des poissons porte-bonheur en pendentifs, des colliers anciens avec de gros chaînons d'argent autour de mon cou.

La mode était à l'exotisme. Je ne sais plus ce qui l'emportait en moi, de la posture ou de la sincérité.

Au début des années quatre-vingt, j'ai interviewé Souha Arafat, l'épouse du leader palestinien. Évacué de Beyrouth en septembre 1982, il s'était réfugié à Tunis pour y installer le siège de l'OLP. Une voiture était venue me chercher tard dans la nuit, on m'avait bandé les yeux pour que je ne reconnaisse pas le chemin, ce qui était inutile, je n'ai aucun sens de l'orientation.

La maison se trouvait à Gammarth. Dans mon souvenir, elle était simple, habitée par des femmes, des enfants et des gardes du corps aussi rébarbatifs que ceux qui m'avaient accompagnée. On m'a fait entrer dans un bureau où un unique plafonnier dispensait une lumière crue. Une photo en noir et blanc de Yasser Arafat était posée sur une étagère où voisinaient quelques livres en arabe et en anglais.

Sa femme, blonde, blanche, fade, était experte en langue de bois. Je ne sais plus ce qu'elle a pu me dire, ce ne devait pas être très important. À l'époque, je n'avais pas envisagé que ma judéité puisse poser problème. D'ailleurs tout s'était très bien passé.

En février 2011, un mois après la révolution qui avait dégagé le dictateur de son trône, je suis partie en reportage avec une amie, journaliste dans le même magazine. J'étais fière de lui montrer ce petit pays, jusque-là si discret, qui s'était brusquement réveillé, entraînant le monde arabe dans ses espoirs de démocratie.

Nous étions là pour rencontrer des Tunisiennes et nous en avions vu d'admirables, issues de tous les milieux, rêvant toutes de démocratie. Depuis le code du statut personnel, instauré dès l'indépendance par le président Bourguiba, les femmes de ce pays se sont progressivement émancipées, elles sont instruites, éduquées, diplômées, elles peuvent exercer tous les métiers. La Tunisie leur doit de ne pas avoir tout à fait sombré.

Avenue Habib-Bourguiba, nous avions suivi une manifestation pour la laïcité. Juchée sur des épaules masculines, une jolie brune aux yeux de braise lourdement maquillés scandait avec ferveur, comme les trois mille personnes défilant avec elle : « Juifs, chrétiens, musulmans, nous sommes tous des Tunisiens. »

La scène m'avait fait monter les larmes aux yeux. Je n'avais pas pensé tout de suite qu'il n'y avait presque plus aucun Juif ni aucun chrétien dans le pays. Mais c'était hurlé dans l'ivresse de la victoire, dans la joie d'avoir viré Ben Ali et sa clique, et c'était sincère, même si, en Tunisie, tout est toujours plus ambigu qu'on ne le dit.

Huit ans plus tard, j'ai fait partie des invités d'Emmanuel Macron en visite officielle à Tunis. Michel Boujenah et moi étions les seuls représentants du judaïsme tunisien, ce qui m'a paru étrange. Contrairement à lui, je n'en suis pas la figure la plus emblématique. Je dois quand même rendre grâce au président de ne pas avoir oublié la très ancienne présence des Juifs dans le pays.

De ces deux journées au pas de course, il ne m'est resté que quelques images floues. Des discours officiels à la Chambre des députés, un cocktail dans les jardins de la Résidence française, à La Marsa, un dîner au palais présidentiel de Carthage. Je me suis dévissé le cou pour voir à quoi ressemblait le président Béji Caïd Essebsi, condisciple de mon père pendant ses études de droit à Paris. Il est mort peu de temps après.

Cette fois-là, comme toutes les autres fois, et comme aujourd'hui encore, j'ai éprouvé le même trouble. Comme si je n'étais pas tout à fait présente. Comme s'il me manquait l'essentiel. Je voudrais raconter à ce commerçant à qui j'achète des citrons doux que leur odeur de bergamote persiste dans un coin de ma mémoire, qu'il existe entre eux et moi une connivence qui remonte à loin. À la vendeuse de mon eau de toilette au néroli que la fleur d'oranger, le *mazhar*, était le remède favori de Sarah pour guérir nos maux de ventre et nos bobos à l'âme. À ces vacanciers croisés à Djerba, que je ne suis pas comme eux, une simple touriste venue pour profiter d'un soleil à bas prix. J'ai envie de reprendre cette chanson qui m'entraîne mais dont je ne comprends pas les paroles, de danser au son d'une darbouka alors que je ne sais pas rouler le ventre ni me déhancher sans raideur. Et puis à quoi bon me fatiguer à expliquer ? Je paie le citron, le flacon, j'esquisse trois pas, je souris et je me tais.

Il m'est arrivé de jalouser toutes ces générations, dont la jeunesse radieuse s'est déroulée entre mer et soleil, entre rires et plaisirs. J'envie leurs étés lumineux, leurs bandes de copains, leur complicité solide, leurs guitares et leurs chants dans la nuit douce. Ils possèdent une histoire que je n'ai pas. J'oublie que certains souffrent encore de la perte de leur paradis.

« Et je me souviens du soir léger à l'heure de la kemia sous les ampoules bleues et rouges du casino de La Goulette. Et ce petit vent qui fait frissonner les djellabas et ce cinéma en plein air qui nous chantent des odyssées lointaines. Le Bonheur semblait éternel[1]. »

J'ai tout raté, je le crains. Cet hier qui ne m'appartient pas me manque parfois comme s'il était le mien. Il est vrai que je suis une nostalgique de la nostalgie. C'est un spleen qui me vient depuis la nuit des temps, peut-être inscrit dans mes gènes. Je sens ma gorge se nouer et les larmes affleurer quand j'entends de la musique arabe, du flamenco, du fado, du rebétiko, du klezmer. Je regrette les lieux où je n'ai pas vécu, les époques où je n'étais pas née, les pays que je ne verrai pas, ceux où je ne reviendrai plus, les bons moments qui s'enfuient, tous ces mondes révolus que je ne connais que par le cinéma, par mes lectures ou par les souvenirs que j'emprunte.

Toutes ces villes aussi d'où les Juifs ont presque disparu, Alexandrie, Berlin, Istanbul, Cracovie, Odessa, Bagdad, Saint-Pétersbourg, Vienne…

Et Tunis avant notre départ.

---

1. Serge Moati, préface à *L'Album d'images de Gagou et Kamouna*, de Jean-Pierre Allali (1980).

La route qui va de La Marsa à Tunis passe devant des stations-service, des constructions inachevées et des panneaux publicitaires géants qui, dans tous les pays du monde, défigurent les abords des villes. Elle longe le lac, dont une grande partie a été remblayée pour bâtir une cité nouvelle, avec des hôtels de luxe, des centres commerciaux, des immeubles. Quand j'étais enfant, il fallait se boucher le nez en roulant devant l'étendue d'eau, même si les vitres de la voiture étaient remontées. Je croyais que les dromadaires qui avançaient en file indienne sur le bas-côté étaient responsables de cette pestilence qui incommodait déjà les Romains. En réalité, elle était due aux égouts de la ville et aux algues en putréfaction. Les travaux l'ont fait disparaître.

Je crois que je regrette ces miasmes. Ils sont pour moi un petit morceau de Tunisie, un spécimen de senteurs familières, bonnes ou mauvaises, comme l'ail frit dans la sauce tomate, le cumin, la menthe, les *bombolonis* saupoudrés de sucre, la harissa fraîche, l'eucalyptus, le Crésyl dans les sanitaires, le linge qui sèche au soleil et l'urine des chats errants. Ces effluves font surgir une palette d'émotions oubliées, qui me renvoient à l'enfance. Je voudrais les retenir mais elles sont fragiles comme ces bulles de savon qui disparaissent à peine formées.

J'ai pensé quelquefois composer un dictionnaire des odeurs, mais comment les décrire ? Les mots manquent souvent pour capturer l'impalpable.

Mon taxi jaune traverse les beaux quartiers, dépasse les villas aux vastes jardins où les bougainvilliers franchissent les grilles et les clôtures pour s'étaler sur les murs blancs, les immeubles bourgeois, les avenues bordées de palmiers. Nous arrivons place Pasteur dans le quartier du Belvédère, le plus chic de Tunis, se vantait Sarah, fière d'y habiter. J'entends encore sa voix prononcer ces deux mots en les aspirant comme s'ils n'en faisaient qu'un seul, *placepasteur.*

Le temps a changé. Le ciel affiche un bleu souverain, rare pour un début de printemps. Comment les miens ont-ils pu vivre sans cette lumière qui éclabousse le regard, survivre sous la grisaille ?

Tunis la blanche que les Arabes comparaient à un burnous étendu quand on la contemple du haut d'un toit, ressemble à une vieille dame figée dans son passé. Les bâtiments laissés par ses occupants successifs cohabitent dans un mélange de beauté et de laideur. Dans le centre, il suffit de lever la tête pour admirer des immeubles Art déco, vestiges du Protectorat, le fin du fin pour ceux qui avaient la chance d'y vivre et dont beaucoup, faute d'entretien, tombent en ruine. La peinture bleue des volets s'écaille, les balustrades sont rouillées, mais derrière les portes entrebâillées, on entrevoit d'anciennes splendeurs, des vestibules dallés de marbre, des murs et des sols carrelés d'azulejos qui rappellent l'influence espagnole, des escaliers aux marches ébréchées dont les rampes s'élancent en spirale vers des appartements aux plafonds hauts.

Au détour d'une rue, au hasard d'une promenade, il arrive de tomber sur une vieille enseigne, une plaque professionnelle que son propriétaire n'a pas eu le temps de dévisser en partant. Les noms sont familiers : Valensi, Lumbroso, Taïeb, Boublil, Hayat… On s'exclame tout bas. Puis on soupire.

Les Juifs étaient plus de cent mille en Tunisie au début des années cinquante. Ils ne sont plus que mille cinq cents aujourd'hui pour témoigner de leur ancienneté. Mille deux cents vivent à

Djerba autour de leur synagogue, une des plus anciennes du pays et peut-être du monde, les trois cents autres sont dispersés dans le pays, la plupart à Tunis et dans ses environs. Leur présence est partout pour qui sait percevoir les fantômes, leurs ombres sont palpables. Et pourtant, les cimetières et les synagogues tombent en ruine, quand ils n'ont pas été détruits, les noms des rues ont changé, les livres d'histoire se taisent.

« Ne cherche pas d'humaines complicités, c'est le temps le coupable, m'a dit Éric, un cousin de ma mère, nostalgique à sa façon. Le temps n'a besoin de personne pour nous réduire et nous faire disparaître. Notre époque n'est plus. »

Il a raison. Combien de civilisations se sont-elles évanouies sans faire de bruit ? Combien de mondes qu'on croyait pérennes ont-ils été engloutis ? Qui les mentionne encore hormis les historiens et les inconsolables ? Bientôt, ceux qui sont nés ici seront oubliés comme les autres. Leurs photos jauniront. Leurs objets se perdront. Tout se fondra dans l'oubli.

« Je suis devenue invisible, mon histoire a été définitivement effacée de ce pays, je viens rendre visite à sa disparition[1] », écrit avec chagrin Colette Fellous. « Il suffit d'un séjour dans la Tunisie moderne pour constater que nous sommes exclus

1. Colette Fellous, *Plein été*, Gallimard, 2007.

de son Histoire[1] », déplorait pour sa part Albert Memmi.

Et moi ? Qu'est-ce que j'espère trouver en revenant aujourd'hui ? Des traces de notre présence ou le constat de notre absence ?

« Dans la mémoire, on cherche la fidélité, dans l'histoire, on cherche les faits », m'a dit Habib Kazdaghli, doyen de la faculté de La Manouba et spécialiste des minorités en Tunisie. Ils ne coïncident pas forcément.

Entre l'histoire et la mémoire, il y a cet interstice qui contient les souvenirs de chacun. Imprécis. Parfois mensongers. Nous n'avons pas tous les mêmes et c'est si tentant d'embellir le passé. Les miens ne sont pas nombreux, je n'ai eu que cinq ans pour les amasser. Cinq petites années marquées par une effervescence politique qui ne présageait rien de bon.

En juillet 1954, cinq mois avant ma naissance, la Tunisie gagnait son autonomie négociée par Pierre Mendès France, juif, de gauche, héros de mon père.

En mars 1956, l'indépendance était proclamée. En décembre, ma sœur cadette voyait le jour.

1. Albert Memmi, « Juif, Tunisien et Français », *Confluences Méditerranée*, n° 10, printemps 1994.

Le 27 juillet 1957, Habib Bourguiba, déjà Premier ministre du bey, était élu président de la nouvelle République.

Deux ans plus tard, mes parents partaient chercher un appartement à Paris, nous laissant à la garde de Sarah et d'Albert. Ils attendaient d'être bien installés pour nous faire venir auprès d'eux.

Notre départ n'a pas fait plus de bruit.

Le taxi m'a laissée rue de Damas, une petite artère tranquille du quartier du Belvédère, à l'écart du flot de la circulation. Jadis, elle s'appelait rue Gounod. J'ai passé ici les premières années de ma vie. Mes grands-parents vivaient quelques rues plus loin.

Je me suis postée devant le numéro 4, un bâtiment de trois étages, dont la façade ne me disait rien. À l'époque de sa construction, au début des années cinquante, la modernité de l'immeuble avait marqué les esprits. On venait l'admirer comme on allait voir un film de Jacques Tati. Tout y était nouveau, chaque détail étonnait, les carrelages, les rampes d'escalier, l'agencement des appartements.

« Nous habitions au rez-de-chaussée gauche », m'a répondu mon père à qui j'ai tout de suite envoyé quelques photos de la rue pour qu'il me confirme que je n'avais pas fait erreur. J'étais bien devant notre immeuble. « Celui d'en face n'existait pas, a-t-il ajouté, à la place il y avait un terrain vague. »

Je suis restée un certain temps devant la porte de fer forgé noir sertie de verre épais qui, toujours selon mon père, n'était pas celle d'origine. Je n'avais pas le code. Au bout d'un long moment, comme j'hésitais à tourner les talons, deux femmes sont sorties et m'ont demandé ce que je cherchais. J'ai balbutié que j'habitais là autrefois, c'était si lointain que je n'en étais même plus certaine. Elles m'ont souri, comme si nous appartenions au même club privé, et m'ont fait entrer.

J'ai regardé furtivement autour de moi, je ne pouvais m'empêcher de me sentir intruse. J'avais beau rassembler mes souvenirs, le lieu restait inconnu. Je n'ai pas osé sonner. Il me restait quelques images fugaces, la disposition des pièces, l'encadrement d'une fenêtre, je n'avais pas envie d'y superposer de nouvelles, de crainte de les oublier tout à fait.

J'essaie de me représenter mes parents à cette époque. Je ne me souviens pas d'eux sans une dispute planant dans l'air, un nuage de cris et de larmes qui se formait au-dessus de nos têtes et dont l'idée qu'il éclate me serrait le cœur.

Mon père était un avocat prometteur, premier secrétaire de la Conférence du stage. Son physique de jeune premier faisait tourner bien des têtes. Aujourd'hui encore, quand quelqu'un, un homme ou une femme, me demande de ses nouvelles, j'anticipe la phrase qui va suivre : « Il est toujours aussi beau ? »

Il était né à Sousse en 1927 d'une famille modeste et travailleuse, il avait connu la guerre et l'occupation allemande à l'âge de quinze ans, avait passé son bac au lycée Carnot puis il avait étudié le droit à Tunis et à la Sorbonne. Sympathisant du Parti communiste tunisien sans toutefois y militer, il avait soutenu les mouvements d'indépendance quand il avait été en âge de se politiser. Ce n'était pas inhabituel pour son cercle de Juifs urbains, intellectuels, en phase avec leur temps.

De trois ans sa cadette, ma mère était ce qu'on appelait alors un beau parti, la fille des Dames de France, la grande mercerie d'Albert située à Tunis, en face du marché central. Elle était très différente de mon père, plus superficielle, moins cultivée, moins diplômée aussi, elle avait dû arrêter l'école à seize ans pour tenir le magasin. Elle avait d'autres qualités, sa vive intelligence, son humour, son charme, son sourire.

Mon grand-père, dont les affaires marchaient à merveille, ne refusait rien à ses enfants. Il était, comme Sarah, la générosité même, une des qualités qu'ils nous ont transmises. Quand ma mère obtint son permis de conduire, il lui offrit une voiture. Quelques semaines plus tard, un ami à qui elle avait confié le volant les expédia dans le fossé. Elle était assise devant, à la place du mort, mais s'en était sortie sans dommages apparents. La voiture était en miettes. L'ami avait été tué sur le coup.

Elle n'avait plus jamais conduit. Les secousses de l'accident ont laissé des séquelles imprévisibles, car moi non plus je n'ai jamais conduit.

Sarah, qui rêvait de la caser au plus vite, consultait des courtières. Le célibat était mal vu pour les filles qui avaient dépassé les vingt ans. Leur existence était tissée de tabous si nombreux qu'il fallait une bonne dose de volonté et de courage pour les braver, coucher avant le mariage, être une « fille mère », épouser un chrétien, un musulman, un homme plus jeune que soi, divorcer. Les garçons étaient plus libres de leur corps, mais soumis aux mêmes règles sociales, rigides comme des carcans.

Ma mère, qui ne manquait pas de prétendants convenables, pour lesquels elle avait parfois le béguin, se montrait intraitable. Ce serait le grand amour ou rien. Mon père et elle se sont rencontrés chez des amis communs. Elle l'a voulu tout de suite. Ils se sont mariés en décembre 1953, à la grande synagogue de Tunis, une splendeur Art déco, construite dans la ville européenne à la fin des années trente. Ce fut un beau mariage dans une ville qui avait retrouvé sa gaieté d'avant-guerre. La moindre cérémonie était prétexte à des célébrations joyeuses.

Sur les photos en noir et blanc, ce jeune homme brun aux traits réguliers, qu'est mon père porte un costume sombre, une chemise blanche, une cravate, un chapeau de feutre taupé. Un taleth frangé couvre ses épaules. Ma mère paraît si frêle sous son voile de dentelle. Elle semble tendue. J'interprète sûrement, peut-être n'est-elle qu'émue.

Sarah disait « fatiguée ». « Votre mère est fatiguée. Ma fille est fatiguée. » Pas besoin d'insister, on comprenait tout de suite.

Chez nous, plus l'affection est grave et plus on minimise. C'est peut-être le seul euphémisme juif tunisien que je connaisse, le reste étant voué, au contraire, à être déformé, amplifié, exagéré. Si ma mère n'avait souffert que d'un rhume, Sarah aurait appelé une ambulance.

J'ai appris tardivement que les premiers signes de sa maladie – bien des années plus tard les médecins diagnostiqueraient une maniaco-dépression – étaient apparus à Tunis. Je n'ai pas bien compris ce qui les avaient déclenchés. L'accident de voiture ? Ou peut-être était-ce inscrit en elle ? Entourée et choyée, elle s'en était remise.

À Paris, les crises avaient repris, plus fréquentes après le divorce. Nous avions appris à les repérer. Cela commençait par une irritabilité peu contrôlable. Tout était prétexte à conflit. Au téléphone, elle s'en prenait à ses ennemis comme à ses amis, à sa famille aussi, balançait ses quatre vérités à quiconque la contredisait. Elle faisait souvent mouche. Puis elle semblait se calmer et sombrait dans une mélancolie profonde qui la clouait au lit pendant des semaines et provoquait des pulsions suicidaires. Elle avalait des boîtes entières de tranquillisants dont elle était devenue dépendante, qui accentuaient sans doute son penchant à l'autodestruction. Un long séjour en clinique la remettait d'aplomb.

Quand les médicaments lui procuraient un équilibre précaire, elle était gentille, aimante, lumineuse, joyeuse, fantasque, généreuse et drôle. Dans l'humour aussi, elle avait le mot percutant. Elle appréciait les beaux vêtements, le luxe, les parfums, s'habiller, se coiffer, prendre soin d'elle-même. Ma sœur et moi lui devons ce savoir impalpable de la féminité qui tisse un fil solide entre les mères et les filles.

Je ne connais personne qui ait autant aimé la vie et qui ait si souvent souhaité mourir.

Avant de l'épouser, mon père ne savait rien de sa fragilité. Ce n'était pas vraiment un mensonge. Disons, une omission. Mes grands-parents pensaient sans doute que le mariage guérirait cette

« fatigue », puisque tous les maux dont souffrent les jeunes filles s'arrêtent ce jour-là, comme par enchantement. Des règles douloureuses ? Ça passera quand tu seras mariée. De l'acné ? Ça passera quand tu seras mariée. Une timidité incurable ? Ça passera aussi. Une dépression ? C'était un peu plus costaud.

D'ailleurs ça n'était pas passé.

Mes archives de l'époque tiennent dans une boîte en carton. Des photos en noir et blanc, aux bords dentelés comme des timbres. Moi en équilibre sur une trottinette dans la cour de l'immeuble de la rue Gounod. Moi penchée au-dessus du landau de ma sœur, devant l'immeuble de mes grands-parents, 7 boulevard Philippe-Thomas, aujourd'hui rue Mohamed-Badra. Moi hurlant dans les bras de mon père à l'aéroport El Aouina, désormais Tunis-Carthage. J'ai oublié la raison de mes cris. Mes colères démarraient aussi vite qu'elles retombaient. « Tu n'as pas bon caractère, soupirait ma mère. Comme ton père… » Plus tard, elle varierait ses comparaisons :

« Tu es prétentieuse… comme ton père. »

Je l'avoue, je le suis. Ou du moins, je l'ai été. La vie se charge de vous rendre plus humble. Il me reste quelques autres défauts, dont certains qu'elle m'a légués : impulsive, émotive, parfois agressive, souvent énervée.

L'humour ne sauve pas de tout.

Famille de Tunis : Sarah et Albert, oncle Pap, tante Pim et leur fils unique ; oncle Pat, tante Jac, et mes trois cousins. Plus tard, à Paris, j'aurais la joie d'avoir une sœur tardive, la troisième fille de mon père remarié.

Famille de Sousse : Victor et Reine, mes grands-parents ; Colette, la sœur de mon père, Marco, son mari, et leurs trois fils ; Lucien, le frère cadet de mon père, Tania, sa femme, et leurs deux fils. Les parents de Tania, Raya et Micha, des Juifs moscovites mélancoliques et discrets, étaient arrivés en France en 1928 via la Pologne. Ils habitaient Sainte-Geneviève-des-Bois, comme la plupart des Russes en exil, roulaient joliment les *r* en français et buvaient du thé noir dans un samovar. Traumatisés par la guerre, ils répugnaient à aborder leur passé.

Les séjours à Sousse. La longue route qui relie les deux villes. Les paysages du Sahel de plus en plus décharnés. La voiture me rendait malade, il fallait s'arrêter souvent. Mes parents me laissaient parfois plusieurs semaines chez mes grands-parents, ce qui me remplissait de bonheur.

Reine, toute petite mais énergique, résistante à la peine, combative. Ses yeux de velours sombre, ourlés de khôl, s'adoucissaient quand ils se posaient sur moi.

Victor, long et mince, élégant dans son costume croisé, un chapeau sur la tête. Sa main ferme me guidait lorsque je marchais fièrement sur le parapet de la promenade. Il sentait l'eau de Cologne Roger & Gallet, le savon au santal, prisait une poudre ocre dans une blague à tabac, qui lui provoquait d'interminables éternuements.

Ils s'appelaient tous les deux Fitoussi, sans lien de parenté, étaient aussi dissemblables au physique que dans le caractère, lui émotif et débonnaire, elle, colérique et sanguine. Ils s'étaient mariés par amour, ce qui n'était pas courant dans leur génération, mais ils se querellaient sans cesse, rien que de très normal en Orient, où les cris et les hurlements remplacent souvent les mots d'amour.

D'autres photos sortent de la boîte. Je détaille les tenues élégantes, les fourreaux noirs, les décolletés, les robes d'été aux jupons évasés, les chapeaux et les voilettes, les escarpins à talons aiguilles, l'écharpe en renard de Sarah bordée à son extrémité d'une tête reconstituée de l'animal, les coiffures crantées de ma mère et son rouge à lèvres que je devine écarlate.

Je pioche encore. Le mariage de tante Pim, célébré dans l'intimité chez oncle Pap dont le père venait de mourir. Elle, robe blanche bouffante, un petit caraco lui couvrant les épaules. Lui, sérieux pour une fois, dans son costume sombre. Oncle Pat et tante Jac dansant *cheek to cheek*. Amoureux toute leur vie comme au premier jour, ils deviendraient un couple de légende parmi leurs amis, lui énorme, exagéré, insupportable, elle dont le visage splendide demeurerait inaltérable, même devant les coups répétés du sort.

Et puis les fiançailles, les communions (un des mots hérités de la langue française, celui, hébreu, de bar-mitsva est venu beaucoup plus tard), les hennés, les mariages. Les mains tapant en cadence pour souligner la voix chaude de Raoul Journo psalmodiant jusqu'à l'aube, ses musiciens assis derrière lui sur une estrade. Violon, luth, cithare, darbouka. Danseuses du ventre. Youyous stridents. Mélopées arabo-andalouses sans lesquelles il n'est pas de vraies fêtes.

Je regarde les assiettes d'apéritif posées sur les tables qui débordent de nourritures généreuses, *mininas,* bricks, variantes, fricassées, olives, accompagnées de vin et de boukha. Et tous les visages que je connais et ceux que je n'ai pas connus, heureux, détendus, souriants, bouches gourmandes, regards brillants.

Les vendredis soir à Tunis, chez Albert et Sarah. Albert trempe dans le sel des morceaux de *hallah,* la brioche de chabbat, et les lance à chacun des convives. Sarah puise des louches de bouillon dans la soupière en porcelaine de Sèvres, ourlée d'une délicate guirlande dorée, décorée de fleurs et de fruits.

À la mort de ma mère, j'ai récupéré ce qui restait de ce service. Chaque fois que je dresse une table, des images reviennent. La fin du repas. Les taches rouge-orangé sur la nappe blanche, les noyaux d'olives, les grains de couscous échappés des assiettes, les moitiés de citrons éparses, les écorces de pistaches et de noix, les bruits de fond, la fumée des cigarettes. Le crescendo des voix. Et les rires.

Il faudrait figer le temps m'a dit oncle Pap un soir que nous étions réunis chez eux, à Paris. La nappe blanche, les verres de cristal, l'argenterie, la porcelaine, le vin du kiddouch, la boukha, la boutargue coupée en tranches fines, la *kemia,* les artichauts, les pommes de terre, les navets, les courgettes, les aubergines, la *pkaila* de Roch Hachana, le *msoki* de Pessah, la glace au sabayon, le *boulou*, les boules au miel, les prières expédiées entre deux éclats de rire, les jeux de mots, les blagues, les bavardages.

Ces rituels dont j'ai cru longtemps qu'ils ne m'importaient pas jusqu'à ce qu'ils prennent fin. Nous sommes à présent trop nombreux pour nous retrouver tous autour d'une même table.

Albert et Sarah habitaient le rez-de-chaussée d'un vieil immeuble à quelques mètres du parc du Belvédère. Ils s'y étaient installés à la fin des années trente, après avoir vécu avenue de Londres, chez les parents de Sarah, puis après la naissance de ma mère, à l'Ariana, une petite ville au climat réputé, entourée de vergers et de roseraies, à quelques kilomètres de Tunis.

L'entrée de l'immeuble sentait l'urine de chat et la nourriture qui mijotait dans les marmites. La porte de l'appartement ouvrait sur un long couloir. Tout de suite à gauche on trouvait une petite cuisine au carrelage disjoint, puis la salle de bains qui sentait le savon à l'œillet et la poudre de riz qu'utilisait Sarah. À droite, les pièces de réception, le salon meublé d'un canapé et de fauteuils, d'une table basse et d'un guéridon où trônait un téléphone noir en bakélite, la salle à manger, avec la grande table en bois ciré, le buffet Art nouveau, le vase Gallé auquel Sarah tenait tant.

Au fond du couloir, la réserve à provisions dont les émanations de saumure piquaient le nez, pleine de gigantesques boîtes de conserve et de bocaux, remplis de halva, de thon, d'olives, de harissa et de citrons confits qu'Albert confectionnait lui-même.

Sarah a toujours regretté son appartement. « Ma maison, disait-elle les larmes aux yeux, j'ai quitté ma maison.

– C'était affreux, rétorquait tante Pim.

– Il n'y avait vraiment pas de quoi pleurer », enchaînait ma mère.

Toutes les deux étaient d'accord pour une fois. Il fallait éradiquer ce qui rappelait le passé, fourrer les chagrins, les soupirs, les meubles, les objets dans le même sac destiné à l'oubli.

Tous dispersés ou vendus à sa mort, excepté le Gallé, l'argenterie et le service de porcelaine.

Dans la salle à manger de l'ambassadeur, à La Marsa, j'ai retrouvé, presque intactes, ces traces d'un autre temps. Le lustre en cristal, le buffet acheté aux puces de Saint-Ouen, la table ovale, les chaises au dossier de bois verni, la nappe blanche ajourée, la coupe de fruits remplie d'oranges douces et sucrées.

Et dans la cuisine, au sous-sol, les marmites posées sur la gazinière, les odeurs de cuisine et de Crésyl.

Leurs vies parallèles.

L'immeuble a disparu, remplacé par le siège de la Banque de Tunisie et des Émirats, une construction blanche et prétentieuse. La pharmacie qui faisait l'angle a été refaite aussi. Lors de l'unique voyage en Tunisie que nous avons effectué ensemble, mes enfants et moi, il y a une vingtaine d'années, la banque était déjà là, un peu moins clinquante.

J'ai essayé de leur raconter. Vous savez, la photo où je porte cette courte robe blanche et ces socquettes assorties ? Elle a été prise à côté de ce palmier. C'est incroyable comme il est devenu grand. La traction avant d'Albert était garée le long du trottoir. Sa jambe droite avait été amputée au niveau du genou à cause d'une gangrène. Comme il ne pouvait plus conduire, il avait engagé un chauffeur, un ancien conducteur de fiacre, comme l'étaient presque tous les Maltais. Ce fantasque Carmelo, partenaire en bons tours et en blagues féroces, l'attendait debout devant la porte arrière pour l'aider à monter. Il était si paresseux qu'il ne nettoyait que ce côté-là de la voiture puisque son patron ne voyait jamais l'autre.

Les mots ne franchissaient pas mes lèvres.

Je garde de ce séjour un sentiment d'étrangeté. Encore un. Leurs efforts constants pour me faire plaisir. Leur enthousiasme de façade sur ce que je leur montrais et qui ne les passionnait guère. Ma difficulté à évoquer un passé que je connaissais mal. Je me sentais décalée. Avec eux, avec moi, avec le pays. Rien n'était raccord.

Nous étions descendus au Résidence à Gammarth, un hôtel de luxe qui donne sur la plage. Heureusement, il faisait beau.

Nous sommes allés à La Marsa, au café du Saf-Saf, vérifier que la dromadaire tournait bien autour de la margelle pour remonter l'eau du puits, nous avons bu un thé à la menthe au Café des Délices à Sidi Bou Saïd, après nous être régalés de bombolonis trop sucrés ; nous avons visité les ruines de Carthage, parcouru les souks de Tunis, acheté une foule de babioles dont un grand narguilé réclamé par mon fils trop âgé pour le chameau en peluche. Il a fallu le trimballer dans l'avion du retour.

J'ai pensé à ma mère qui nous aurait traités d'Américains.

Je me revois dans la chambre du fond de l'appartement du boulevard Philippe-Thomas, couchée dans le lit une place entouré d'un cosy-corner de bois sombre. J'étais souffrante, peut-être avais-je pris froid. Sarah m'apportait des laits de poule pour me fortifier et je les rejetais en feignant de dormir.

Le grand jeu, initié par ma mère et tante Pim avant nous, était de refuser la nourriture dont elle tentait de nous gaver ma sœur et moi, avec tout autant d'obstination. Sarah suppliait, promettait des cadeaux, de l'argent. Les enchères volaient haut, elle était prête à se ruiner pour nous faire ingurgiter une bouchée de viande que nous recrachions après l'avoir longuement mâchée.

De ces moments délicieux je retiens la quantité de livres qu'on m'apportait pour me distraire. J'étais insatiable. Il n'existait pas de plus grand plaisir que de dévorer la comtesse de Ségur, lovée au creux de ce lit douillet.

J'ai su lire à quatre ans. Grand lecteur lui-même, mon père m'avait montré les lettres et j'avais appris seule, presque sans effort. Mes meilleurs souvenirs ont trait à tous ces livres que j'ai aimés, offerts, partagés. À mes premiers chagrins, mes premiers fous rires, avec les personnages de *Sans famille*, ou de *Treize à la douzaine*. Aux poésies et aux tirades classiques apprises par cœur, pour le bonheur d'entendre résonner leur musique, même quand je les récitais dans ma tête, Cyrano et Scapin – ah, comme j'aimais Molière, lu et relu tant de fois –, Racine et Corneille, Verlaine et Rimbaud, Éluard et Aragon. À tous ces auteurs français et étrangers, contemporains ou morts, célèbres ou inconnus, Pagnol, Camus, Stendhal, Tolstoï, Proust, Roth, García Márquez, Cortázar, Wharton, James, une plus longue énumération serait fastidieuse, à ceux, oubliés aujourd'hui, qui ont compté autant et sinon plus que ma famille ou mes amis pour m'accompagner et m'apprendre la vie. J'étais insatiable. À Noël, pour mes anniversaires, en récompense de mes bonnes notes, je réclamais des livres. Ou de l'argent pour m'acheter des livres. Je plaignais ceux de mes amis qui ne lisaient pas, ils ne savaient pas ce qu'ils perdaient.

La lecture m'est indispensable. Elle est ma bouée de sauvetage, mon antidote au chagrin, à la solitude, à l'anxiété, à la mélancolie, une façon de me couper d'une réalité qui m'ennuie ou m'attriste et d'y revenir, plus riche, plus solide, lestée d'univers différents du mien.

Encore aujourd'hui, j'achète des livres tous les jours, je les entasse dans mes bibliothèques, sur ma table de chevet, par terre à côté de mon lit, dans ma liseuse. Je voudrais absorber tout ce qui a été écrit. Le plus difficile est de choisir le prochain dans les piles. Je suis boulimique et tout me plaît, les romans, les documents, les essais, les polars, les livres historiques, les classiques, les correspondances, les ouvrages bizarres, oubliés, mal vendus, que personne ne lit. Il me faudrait deux ou trois vies pour terminer ceux que je possède et tellement d'autres pour découvrir ceux que je ne connais pas encore.

J'ai tout de suite aimé les mots autant que j'aimais les livres, leur profusion, leur complexité, leur orthographe subtile. Je les savourais comme des bonbons, les retenais, les répétais. Pour me les expliquer, mon père regardait dans le dictionnaire. Si Davy Crockett et son ami Wata partaient chasser dès potron-minet, cela signifiait qu'ils se mettaient en route à l'aube. « On peut dire potron-jacquet », ajoutait mon père et je m'en délectais aussitôt. Je les collectionnais comme des trésors et les plaçais dans les innombrables nouvelles, pièces de théâtre, romans, poésies, journaux intimes qui remplissaient mes cahiers d'écolière de mon écriture malhabile.

Cette langue française. Ma langue. J'étais née dedans. Il n'y en avait pas d'autre. Elle m'avait bercée, calmée, nourrie. Elle m'avait fait grandir. Plus tard, elle m'a structurée, comblée, donné des modèles et des valeurs. Elle a été mon territoire, mon pays, ma maison, mon ancrage. Il me suffisait d'ouvrir un dictionnaire pour découvrir le monde, de lire ou d'écrire, pour être consolée de tout. Avant même de venir en France, je l'ai habitée pleinement.

À Paris, dans chaque classe, j'étais la meilleure en français. Dans mes rédactions, j'imitais le style des auteurs que j'appréciais sans toujours en être consciente, ce qui me valait des notes élevées. Elles compensaient mes ratures et mes pâtés baveux, je ne savais pas me servir d'un porte-plume, cet instrument de torture qui, avec l'encrier de céramique, a longtemps sévi dans les écoles primaires pour mon plus grand malheur.

En cours élémentaire, j'avais obtenu la note la plus élevée en rédaction : « Une fée vous permet de réaliser votre vœu le plus cher. Quel est-il ? » J'avais éliminé les souhaits triviaux (que mes parents ne soient plus divorcés, que ma mère ne soit plus fatiguée, qu'on ne m'oblige pas à grimper à la corde ni courir sur la poutre en cours de gym) pour me concentrer sur le plus important.

Je voulais vivre au temps de la Révolution française, en compagnie de l'Amazone Bleue, l'héroïne d'un roman paru dans la Bibliothèque verte. Je l'avais lu des dizaines de fois avec le même enthousiasme. Garçon manqué dans mon enfance, comme Fantômette, Fifi Brindacier ou Claude, du Club des Cinq, mes juvéniles héroïnes de papier, je m'identifiais à cette Athénaïs Trévor qui caracolait à cheval sur la couverture de l'ouvrage, vêtue d'une veste bleue d'officier. Ses aventures me faisaient vibrer, son courage m'étourdissait. Elle m'apprenait qu'une jeune fille pouvait être forte, intrépide et libre, et que rien ne lui était interdit. Elle m'enseignait aussi la République, une et indivisible, et me confortait dans cette appartenance à la France, dans ma fierté d'être une citoyenne de ce pays.

Il n'y avait pas alors beaucoup de personnages féminins puissants sur lesquels prendre exemple. La plupart du temps, les jeunes filles subissaient, ou bien elles étaient des écervelées, aveuglées par la passion qui leur assignait un destin tragique. Rares étaient celles qui laissaient entrevoir une vie différente. Mon Amazone était de celles-là. On ne dira jamais assez l'importance des premières lectures, leur influence infuse la vie durant.

J'ignorais alors que Françoise d'Eaubonne, son autrice, qu'on redécouvre aujourd'hui, renierait ce petit roman pour adolescentes, vite ficelé parce qu'elle avait eu besoin d'argent.

Je ne savais pas non plus qu'elle était féministe, du reste je ne connaissais pas encore ce mot. Je l'ai vite appris. Je ne connaissais pas non plus le mot écrivaine. Très jeune, pourtant, j'ai su que je le deviendrais, que l'écriture serait mon métier.

L'institut Émilie-de-Vialar avait été fondé à Tunis, dans les années trente par les sœurs de Saint-Joseph-de-l'Apparition. Ma mère et tante Pim y avaient étudié comme beaucoup de fillettes juives et musulmanes de la bourgeoisie tunisoise. Les scolarités précoces étaient à la mode. Dès que j'ai maîtrisé l'alphabet, mes parents m'y ont inscrite.

Le premier jour, l'institutrice nous annonça que nous allions toutes ensemble réciter l'Ave Maria. Personne ne m'avait dit que l'école était catholique, d'ailleurs je ne savais pas trop ce que cela signifiait. C'était tout juste si je savais que nous étions Juifs.

À la maison, j'entendais parler de fêtes, je saisissais au vol les mots Kippour, Pessah, Roch Hachana, dont je savais qu'ils désignaient des jours spéciaux, mais pourquoi, comment, je l'ignorais.

Depuis le Protectorat français, en deux ou trois générations à peine, la religion avait presque disparu des foyers émancipés, parmi lesquels le nôtre, du moins dans sa forme la plus contraignante. Nous étions devenus des Juifs « deux fois par an », incroyants je ne sais pas, dissipés certainement. Nous nous accrochions cependant à notre judéité comme à une marque de fabrique.

Les contradictions ne nous gênaient pas. Albert mangeait du jambon, mélangeait le lait et la viande, jouait au poker le samedi. Plus appliquée, et sans doute plus fervente, Sarah se fournissait chez le boucher cacher, réunissait les siens pour le chabbat, jeûnait le jour de Kippour, procédait au grand ménage de Pessah pour chasser les restes de farine. Mon père se disait athée. Maltraitée par la vie, ma mère ne voulait croire en rien. C'était d'abord à Dieu de lui prouver son existence en lui envoyant ses bienfaits. À ce petit jeu, il ne sortait pas gagnant.

Plus tard, en France, la dislocation de ma famille m'a laissée démunie d'un savoir religieux que je ne réclamais pas. Je ne suis pas sûre que j'en aurais appris plus si la situation avait été différente.

Le peu que je connais, je l'ai glané au fil des années. Mon judaïsme est fait de bric et de broc, troué comme un grand patchwork auquel il manquerait les pièces essentielles. Ignorante, là encore. Désireuse de combler certains manques mais pas tout à fait convaincue de l'intérêt que j'y trouverais.

Ce matin-là, dans la petite classe où le crucifix accroché au-dessus du tableau noir m'effrayait, je ne savais comment m'y prendre avec cette fichue prière. Je pressentais juste que je n'étais pas à ma place.

La panique me gagna. J'observais les autres du coin de l'œil et tentais de les imiter. Peine perdue, je confondais la droite et la gauche, le Fils et le Saint-Esprit, je ne savais pas qui était cette Marie pleine de grâce.

J'avais honte, je me sentais mal à l'aise, comme si j'avais commis une faute. À la peur d'être démasquée s'ajoutait celle qu'on me renvoie chez moi, que ne je sois plus jugée digne de faire partie des élèves. Je sentais les pleurs monter comme chaque fois que l'inquiétude me tenaillait. Une formidable envie d'aller au petit coin me saisit alors et je ne sus plus bientôt quoi retenir, de mes larmes ou de mon pipi.

Au bout de quelques jours qui me semblèrent une éternité car le cauchemar se répétait chaque matin, les élèves qui n'étaient pas chrétiennes, une petite dizaine en tout, furent dispensées de prière collective. On nous faisait sortir dans la cour puis rentrer lorsque la classe commençait.

De cet incident, j'ai d'abord retenu que la religion n'était pas une affaire simple et qu'en plus des Juifs et des musulmans, dont l'appel du muezzin retentissait plusieurs fois par jour, il existait aussi des chrétiens.

Je compris aussi, confusément, que nous n'avions pas forcément besoin d'affirmer qui nous étions. Cette tacite injonction de discrétion m'a accompagnée en France. À l'école primaire, si je revendiquais ma francité avec vigueur, je ne soufflais mot du reste. Quand mes camarades me demandaient en début d'année si j'étais inscrite au « caté », je secouais la tête et changeais de sujet.

Nous vivions désormais au diapason du calendrier catholique, la Toussaint, Noël, Pâques, la Pentecôte, l'Ascension, le jour de l'an. Ce qui ne nous empêchait pas de participer aux fêtes juives, du moins les principales. Nous occultions presque toutes les autres et elles sont nombreuses, je n'ai appris leur existence que tardivement.

Ma sœur et moi passions de la famille de ma mère, où la rigolade l'emportait sur la rigueur, à celle de mon père, dont la sœur et le beau-frère étaient plus observants. Mais chez tous régnait la même affection débordante qui se transmettait d'abord par les plats préparés avec amour et dont les saveurs délicieuses, nous transportaient de bonheur.

Plus tard, au lycée Jean-de-La-Fontaine dans le XVIe arrondissement de Paris, où j'ai passé une partie de ma scolarité jusqu'au bac, je me liai d'amitié avec une élève de ma classe, née à Oran. Ses parents avaient émigré en France deux ou trois ans après nous. Cette proximité des origines nous rapprocha. Bientôt, je fus chez elle comme chez moi. Je m'y installais pendant les périodes d'examen quand tout tanguait à la maison et que j'avais besoin de calme pour mes révisions.

Son père, directeur d'école à la retraite, m'accueillait d'un sonore « Ah voilà la petite Arabe ! » quand il m'apercevait, trottinant derrière sa fille. Ces mots m'exaspéraient mais je n'osais pas protester. Il avait l'autorité pour lui et puis, comme tous les adultes, il m'impressionnait.

J'ignorais alors l'existence du décret Crémieux qui, en 1870, avait donné la nationalité française à tous les Juifs d'Algérie. Ce qui les faisait se sentir supérieurs aux Juifs de Tunisie, naturalisés au compte-gouttes, et à ceux du Maroc, qui, en tant que sujets du roi, n'en avaient pas eu le droit.

Ce que je savais cependant, pour l'avoir souvent entendu chez moi, c'est que nous, les Tunisiens, étions autrement plus sympathiques et rigolos que les Algériens et les Marocains, tous des *rkiks*, des lourds en judéo-arabe. Je n'ai jamais osé révéler à mon amie l'affreuse vérité sur les siens.

Sa famille n'était pas tellement plus pratiquante que la mienne, mais comme nous, ils tenaient à marquer le coup. Pour elle comme pour moi, s'absenter le jour de Kippour était d'abord une occasion de sécher les cours. Et peut-être aussi de révéler aux autres, une fois par an, une imperceptible différence qui renforçait notre amitié. Le reste du temps, nous ne cherchions qu'à nous fondre.

Nous ne jeûnions pas mais les traditions nous plaisaient. Nous échangions nos spécialités. Je goûtais leurs *mantecaos*, elle se régalait de nos bricks au miel. J'aimais aussi, même si je traînais des pieds pour m'y rendre, le rite de la bénédiction des Cohen, juste avant que ne retentisse la sonnerie du chofar signifiant la fin de Kippour. Mon père étendait alors son taleth sur ma sœur et sur moi, comme une grande aile protectrice. Je sentais une énergie bienfaisante se propager de groupe en groupe. Nous étions soudés par ce moment unique. L'émotion m'étreignait malgré moi.

Le lendemain, les mots d'excuses de nos parents respectifs indiquaient que nous avions été souffrantes, sans plus de précision. Dans chaque classe, plusieurs élèves étaient ainsi atteintes du même mal mystérieux que le nôtre.

La guerre des Six-Jours entre Israël et l'Égypte allait bousculer cette retenue, rendre caducs ces pieux mensonges. Au lycée, il fut de bon ton désormais de clamer sa judéité avec fierté. Nos mots d'excuses affichaient un « motif religieux ». Être discret n'était plus de mise. Plus tard, il faudrait le redevenir.

Ma précocité épatait les adultes. Leur admiration me donnait une très haute perception de ma petite personne. Tante Pim, qui était institutrice dans une école publique de La Goulette, parlait souvent de moi à ses jeunes élèves pour les inciter à se dépasser. « Ma nièce sait déjà lire et écrire, et pourtant elle est beaucoup plus jeune que vous », leur répétait-elle. Ils voulurent me voir. Moi aussi j'étais impatiente de les rencontrer.

Un matin, nous prîmes le TGM[1] depuis Tunis. Accompagner ma tante que j'aimais tant était un privilège et une fierté. Mon enthousiasme fut un peu douché quand j'aperçus l'école, un simple parallélépipède de béton enduit de chaux. La salle de classe aux murs blanchis, meublée de pupitres de bois et de petites chaises, me déçut aussi. L'institut Émilie-de-Vialar était autrement plus élégant.

1. Petit train qui dessert les arrêts de la côte entre Tunis et La Marsa.

Après la sonnerie, les enfants, plus âgés que moi, entre six et dix ans peut-être, s'assirent à leurs places respectives. Certains portaient des blouses roses ou grises, tachées d'encre et couvertes de traces diverses. Ils me regardaient avec sympathie sans oser m'approcher ni me parler.

Tante Pim m'installa seule au premier rang pour mieux me suivre des yeux. Je passai la journée à mon pupitre d'écolière, consciente d'être l'objet de la curiosité de tous. Les enfants ne me plaisaient pas. Je les trouvais laids, sales, je détestais leurs sourires édentés, leurs cheveux emmêlés. L'odeur de la classe, faite d'haleines âcres, de corps mal lavés, me soulevait le cœur.

Le déjeuner à la cantine avec les autres enseignants fut un répit de courte durée. Les élèves s'étaient éparpillés dans la cour en un brouhaha où perçaient les rires et les cris. Ils étaient si pauvres qu'ils ne mangeaient presque rien, un bout de pain, trempé dans de l'huile et de la harissa, des *glibettes* qu'ils dérobaient au marchand ambulant sur le trajet de l'école.

Leur technique, qu'ils avaient expliquée à tante Pim avec fierté, était imparable : ils humectaient leurs paumes avec de la salive et les passaient sur le dessus du panier avec un air innocent. Les petites graines de tournesol ou de courge séchées se collaient à la peau. Ce qui leur permettait de tromper leur faim jusqu'au maigre repas du soir.

L'après-midi, tante Pim me fit lire à voix haute la leçon du jour. Je m'en acquittai sans faute alors que d'autres avant moi, et de plus âgés, avaient trébuché sur chaque syllabe. Elle me félicita et m'invita à monter sur l'estrade pour dire quelques mots.

Déjà les élèves m'applaudissaient, ils m'encourageaient des yeux et de la voix, me souriaient avec une gentillesse que je ne comprenais pas. Je les détestais encore plus.

Tante Pim réclama le silence et se tourna vers moi. Elle me fit signe de parler. Je m'exécutai sans me faire prier : « Je n'ai qu'une chose à vous dire, vous sentez tous mauvais, vous êtes tous affreux. »

Des clameurs et des applaudissements me répondirent. Quelques sifflets aussi. Confuse, tante Pim me renvoya à ma place, sans un mot, mais je voyais bien qu'elle était mécontente, tiraillée entre son amour pour moi et ce qu'elle découvrait. Sa merveilleuse petite nièce, son enfant prodige n'était qu'une insupportable pimbêche, méprisante et raciste.

J'étais certes embarrassée mais loin de me sentir coupable. Je m'étais mal comportée, j'avais été méchante sans raison envers des enfants qui ne demandaient que mon amitié, mais à quatre ans on ne mesure pas toujours ses paroles.

Sur le chemin du retour, tante Pim ne me gronda pas. Ces enfants étaient des miséreux, m'expliqua-t-elle. S'ils étaient sales, c'est qu'ils n'avaient pas de salle de bains où se laver. Leurs maisons ne possédaient ni eau courante ni électricité, comme chez nous. Ils n'avaient même pas assez d'argent pour acheter un crayon ou un cahier. Je ne devais pas les critiquer mais les aider parce que, contrairement à eux, j'avais de la chance.

« Il n'y a aucune différence entre les êtres humains, conclut-elle, les riches et les pauvres, les Blancs et les Noirs, les Arabes, les chrétiens et les Juifs, les Italiens, les Maltais, les Siciliens… Tout le monde est pareil. »

Est-ce que je m'en souviendrais ? Je jurai que oui tant je me sentais piteuse. J'aurais bien aimé revenir en arrière, remplacer les insultes par des paroles agréables, leur prouver que j'étais gentille, même si ce n'était pas tout à fait vrai.

Tante Pim ne me proposa plus de l'accompagner. De toute façon, il était trop tard pour les excuses.

Mon éducation était-elle en cause ? À la maison on m'enseignait la politesse, la générosité, le partage. Nos valeurs étaient républicaines, liberté, égalité, fraternité. Personne dans ma famille n'était raciste. Du moins pas au sens où on l'entendait en général.

Avais-je intériorisé sans les comprendre les discriminations qui régnaient dans ce pays tout juste délivré de l'emprise coloniale ? En étais-je imprégnée malgré moi ?

Contrairement à ce que m'avait affirmé tante Pim dans sa leçon de morale, chacun vivait ici selon les règles d'une hiérarchie rigide supportée depuis des lustres. Les Européens étaient supérieurs aux Arabes, les riches supérieurs aux pauvres, les Blancs aux basanés, les hommes aux femmes.

Quant aux Juifs, ces « métis de la colonisation » selon le mot d'Albert Memmi, ils se trouvaient entre le marteau et l'enclume, assimilés pour de multiples raisons à l'occupant qui les méprisait, prenant leur revanche sur leurs anciens maîtres, les musulmans, auxquels ils avaient longtemps été soumis et qu'ils méprisaient à leur tour.

Et moi, petite Juive blanche, aisée, gâtée, éduquée, je prenais de haut des enfants de mon âge, parce qu'ils étaient pauvres, différents, inconnus, parce qu'ils me faisaient vaguement peur. Parce que j'obéissais à des lois tacites.

Je suis toujours perplexe en me souvenant de cette scène et de cette fillette qui était moi et dans laquelle je ne me reconnais pas.

Deux ou trois ans plus tard, à Paris, j'invitai une camarade d'école à jouer à la maison. Marie-Ange avait les cheveux bruns et frisés, coiffés en deux tresses brunes ornées de rubans de couleur, ce qui faisait mon admiration, les miens étaient si courts et raides.

Elle vivait à une rue de chez moi au milieu d'une nombreuse famille, chaleureuse et bruyante, comme la nôtre. Son père, facteur, bénéficiait d'un logement de fonction dans le centre postal du quartier.

« C'est ma meilleure amie, dis-je fièrement à Sarah, après qu'une de ses sœurs aînées fut venue la chercher en promettant, pour écourter nos adieux déchirants, que le jour suivant j'irais jouer chez elle.

– Mais elle est noire ! »

Sarah ne s'embarrassait pas de finesse. C'était pourtant elle qui m'avait offert une poupée africaine seulement vêtue d'un pagne. À l'époque triomphait *Chérie noire*, une pièce de boulevard qu'elle avait vu deux fois lors d'un séjour à Paris.

J'avais lu *La Case de l'oncle Tom* dans une version enfantine, ce qui m'avait bouleversée.

Peut-être me souvenais-je aussi des mots de tante Pim, qui avaient dû me marquer malgré moi.

Je haussai les épaules, prononçai d'un ton sévère pour mieux accabler ma pauvre grand-mère qui ne mesurait pas ses paroles :

« Tous les hommes sont égaux. »

La Tunisie a vaguement commencé à m'intéresser en classe de cinquième. Cette année-là, Rome était au programme d'histoire. J'attendais les cours avec impatience, d'autant que j'apprenais le latin.

Je découvris Carthage et ce fut une épiphanie. Pour la première fois de ma jeune existence, je pouvais évoquer mon pays natal avec fierté. D'un seul coup, l'Histoire l'ennoblissait, sa gloire rejaillissait sur ma modeste personne.

Assise au premier rang, je hochais la tête, je souriais, je m'agitais pour me faire remarquer. Carthage ? Mais c'était chez moi ! Aucune élève de ma classe n'était née en Tunisie ! Pour une fois que je pouvais m'en vanter, je n'allais pas m'en priver ! Hélas, je n'avais rien de plus à en dire. Malgré l'envie qui me démangeait, je m'abstins de lever le doigt, de peur de révéler l'étendue de mon ignorance.

Quand la professeure évoqua Hamilcar Barca et son fils Hannibal, le meneur d'éléphants, j'eus pourtant envie de crier qu'ils étaient de ma famille. Emportée par mon exaltation, je le croyais vraiment.

Je pris ma revanche à la récréation, où j'obtins mon effet en forçant un peu le trait. Carthage ? J'adoptai un ton désinvolte. Oui, oui, bien sûr que je connaissais par cœur, j'allais tous les étés en Tunisie, mes grands-parents y vivaient. Pendant quelques jours, je brodai à ma guise devant une petite cour massée autour de moi, ce qui n'était pas désagréable.

Je ne pus attendre le mois de juillet pour retourner à Tunis. Je suppliai ma mère de m'y accompagner pour les vacances de printemps. Mon plan était tout tracé. Je parcourrais Carthage pour en découvrir les trésors. À mon retour, je raconterais ma visite à ma prof d'histoire dont j'imaginais déjà l'écoute attentive, les compliments décernés devant toute la classe qui m'envierait. Il me tardait d'y être.

En avril 1966, Carthage n'était pas encore classée par l'Unesco au patrimoine mondial de l'humanité, comme elle le serait treize ans plus tard. Dans cette banlieue cossue de Tunis, de vastes villas entourées d'une végétation généreuse rivalisaient de beauté, tant dans leur architecture que dans l'ordonnancement de leurs jardins. Elles étaient regroupées autour du palais que Habib Bourguiba s'était fait construire en devenant président.

Pendant longtemps il avait été banal de trouver, sous les fondations des maisons en construction, des statues, des poteries, parfois même des vestiges d'anciennes habitations, et, à même le sol, des débris de plats ou de vases, et des pièces de monnaie. Le long des plages, les vagues rapportaient sur le rivage des fragments de mosaïques colorées, délavées par la mer et le sel. Les Tunisiens qui les ramassaient les gardaient précieusement chez eux, peut-être comme une métaphore de ce que leur pays avait été.

Ma mère se moquait gentiment de moi. Cette nouveauté qui m'attirait là-bas n'en était pas une pour elle. Comme la plupart des gens de sa génération, elle avait grandi à quelques kilomètres des ruines sans y accorder d'importance.

Elle avait peut-être joué à cache-cache dans le cimetière punique, donné des rendez-vous secrets, flirté à la belle étoile. Carthage évoquait l'été, la plage, les belles villas de ses amis, une période heureuse de son existence, qui n'en comptait plus beaucoup. Seuls les voyageurs et les touristes, les mêmes qui se baignaient dans la mer et se promenaient sans manteau malgré la fraîcheur du climat printanier, visitaient le site. Les Juifs tunisiens ne l'avaient jamais fait. Les Juifs tunisiens ne connaissaient ni leur pays ni leur histoire. Carthage faisait partie du paysage. Ses ruines étaient éternelles comme leur présence dans le pays.

Moi j'en avais appris quelques bribes. Et je n'en étais pas peu fière. Ma prof nous avait dit que Didon, princesse de Phénicie, l'actuel Liban, avait accosté sur les rivages de Tunisie en 814 avant Jésus-Christ, pour y fonder Carthage. Pour parfaire mes connaissances, j'avais regardé dans le dictionnaire et lu qu'elle avait fui son pays après que son frère, le roi de Tyr, avait fait assassiner son époux. Quand Énée, son grand amour, l'abandonna, elle se suicida par l'épée ou peut-être par le feu. Elle avait mal fini, en tout cas.

La ville avait prospéré pendant des siècles. Riche. Puissante. Alliée de Rome au début. Puis jalousée. Puis rivale. Là encore, ça s'était mal terminé. Après trois guerres entre les deux cités, Carthage la Phénicienne, ma préférée d'entre toutes ses périodes, avait été entièrement détruite par les Romains et ensevelie sous le sable.

Cartago delenda est. Punis les Puniques. Exit Hamilcar et Hannibal Barca, mes tontons lointains.

De cette toute première visite, j'ai conservé le souvenir d'un émerveillement devant les thermes d'Antonin et la majestueuse simplicité de leurs ruines qui bordent le rivage. Chaque fois que je les revois, le même sentiment d'éternité me saisit, je pense à ces vers de Rimbaud, *c'est la mer allée / avec le soleil.*

La suite de cette expédition est restée vague. Je me souviens cependant d'avoir acheté une lampe à huile en terre cuite à un vendeur pas beaucoup plus âgé que moi, qui me garantit son authenticité avec une conviction qui m'ébranla.

Quand je lui montrai mon trésor, ma mère fut catégorique : c'était un faux, fabriqué en série pour les gogos de mon espèce. « Non, mais c'est quand même joli », ajouta-t-elle, dans l'espoir de se rattraper. Son ironie ne m'atteignit pas. Elle n'y connaissait rien.

À mon retour en classe, l'accueil ne fut pas aussi triomphal que je l'escomptais. La prof m'écouta quelques minutes, ponctua mon récit d'un bref « c'est bien » et me renvoya à ma place avec ma lampe à huile.

Ni honneurs ni lauriers. La fin de l'année approchait, il fallait boucler le programme.

Didon n'était pas arrivée seule en Ifriqiya, le nom antique de la Tunisie. Ses marins, de solides gaillards, rompus à la navigation sur la Méditerranée dont ils connaissaient tous les vents, tous les courants, l'escortaient et la protégeaient.

Il leur arrivait parfois de voguer de concert avec des équipages de Judée. Les deux peuples liés par leurs frontières communes, et par leurs langues proches, l'étaient aussi par le commerce et les échanges. Hiram, roi de Tyr, avait aidé Salomon, roi de Judée, à bâtir son temple à Jérusalem. Ensemble, ils avaient créé des colonies sur tous les rivages de la *yam gadol*, la « grande mer » en hébreu, la *yamm rbm* en phénicien.

Quand Didon fonda Carthage, des Judéens l'accompagnaient-ils ? C'est possible. Le premier nom de la cité, Qart Hadasht, la ville nouvelle, ne provenait-il pas de l'hébreu ? Trouvèrent-ils là-bas des compatriotes déjà installés ? Possible encore. La tradition orale le rapporte mais personne n'est sûr de rien.

Les preuves écrites de la présence des Juifs dans l'Afrique Romaine ont seulement été établies au IIe siècle après J.-C. Les premières traces archéologiques aussi. En Tunisie, on a retrouvé à Gammarth les vestiges d'une nécropole juive. Et à Naro, non loin de là, ceux d'une synagogue construite au siècle suivant.

Moi, je préfère penser que nous étions là depuis toujours, arrivés presque en même temps que les Berbères, les premiers habitants du pays.

Bien après Didon et ses marins, les Juifs de Judée continuèrent d'affluer en Ifriqiya. Souvent par voie maritime, car ils faisaient d'excellents navigateurs. Soit ils s'installaient à Carthage, où ils étaient bien accueillis, soit ils essaimaient dans le pays. Quand le temple de Salomon fut détruit par Nabuchodonosor II, roi des Perses, en l'an 586 avant J.-C., la grande diaspora commença.

Les plus aisés des Hébreux furent emmenés en captivité à Babylone. D'autres purent s'échapper par l'intérieur, vers l'Égypte et la Cyrénaïque, l'actuelle Libye. De là ils poussèrent vers l'Ifriqiya. Malgré la dureté de la route, les difficultés rencontrées en chemin, la faim, la soif, les maladies, les brigands, jamais ils ne perdirent l'espoir d'un avenir meilleur. C'était déjà le socle de ce peuple.

Leurs prêtres avaient réussi à emporter avec eux quelques pierres du temple sacré. La légende raconte qu'ils les utilisèrent pour bâtir à Djerba la synagogue de la Ghriba. Plus de deux mille ans plus tard, les chants religieux y retentissent encore. Le pèlerinage, qui a lieu une fois par an, draine des fidèles du monde entier, malgré l'attentat terroriste qui, en 2002, a endeuillé la communauté. Les Juifs de Djerba sont les garants de notre mémoire tunisienne. S'ils disparaissent, il n'y aura là-bas plus rien de nous.

Après la conquête romaine, les Juifs arrivèrent encore de tout l'empire. Des Juifs pérégrins bannis de Rome. Des Juifs de Jérusalem, chassés par Titus qui détruisit la ville et le deuxième temple, en 70 après J.-C. Des Juifs hellénisés, venus d'Alexandrie ou de Cyrène. Des Juifs mercenaires, négociants, financiers, lettrés, religieux, cultivateurs. Et des Juifs esclaves bientôt affranchis. Ils se greffèrent aux petites communautés d'Hammam Lif, Kairouan, Bizerte, Tozeur, et Hadrumète, l'ancien nom de Sousse, et cohabitèrent en paix avec les Berbères, les Romains et les premiers chrétiens.

Cette vie tranquille n'eut qu'un temps. À la fin du IIe siècle, l'empereur Constantin, converti au christianisme devenu religion d'État, promulgua des lois d'une sévérité extrême envers les Juifs. Il les autorisa cependant à pratiquer leur culte, ce qui leur permit de survivre et de se développer. Deux siècles plus tard, les Vandales délogèrent les Romains de Tunisie et firent alliance avec les Juifs. Ensemble, ils combattirent l'empereur Justinien qui avait des visées de reconquête. De la part des Juifs, ce fut une funeste erreur.

Vainqueur, Justinien les convertit de force. Leurs synagogues furent transformées en églises. Ils se réfugièrent dans les montagnes où ils judaïsèrent les Berbères. Ce fut leur seule tentative prosélyte dans le pays mais elle eut des conséquences, puisque de nombreux Juifs tunisiens sont les descendants de ces tribus-là.

Parmi eux, se trouvaient probablement mes ancêtres. Les fondateurs de ma lignée.

D'où venaient-ils ? Du Liban ? D'Égypte ? De Grèce ? De Judée ? De Libye ? De Rome ? Qui étaient-ils ? Des marins ? Des soldats ? Des paysans ? Des rabbins ? Des Berbères convertis ?

Ce nom, Fitoussi, si répandu en Tunisie que j'ai des faux cousins partout dans le monde, d'où provient-il ? De Fitus, un village berbère du djebel Nefoussa, en Libye ? Du mot *afus*, qui signifie « la main » en tamazight, comme me l'a affirmé un chauffeur de taxi kabyle ? De l'adjectif arabe *fitus*, qui veut dire « camus » ?

Zeitoun, le nom de ma mère, tout aussi courant que celui de mon père, signifie « olivier » en arabe. On dit *aceituno* en espagnol, *zeit* en hébreu. Ses ascendants étaient-ils des cultivateurs, des paysans, des commerçants ? Avaient-ils vécu ailleurs qu'à Tunis ? Étaient-ils arrivés à partir du XVe siècle d'Espagne ou de Turquie ? J'avais trop d'interrogations et trop peu de réponses.

Séduite par une publicité, j'ai commandé un test ADN sur Internet. Contre une somme modique, l'argumentaire promet de remonter à la nuit des temps, ce qui est tentant mais pas sans danger. Combien de secrets de famille, d'enfants adultérins ont-ils été révélés ainsi ? Je connais des familles chamboulées par des révélations inattendues, si brutales parfois que l'onde de choc n'a pas fini de les bouleverser.

Je ne pensais pas prendre beaucoup de risques. D'ailleurs, je n'y croyais qu'à moitié. Ces tests rapides étaient-ils fiables ? C'était pour moi comme une consultation de voyance. J'y allais en ayant envie que tout soit vrai, tout en étant persuadée du contraire. Recueillir ma salive sur un bâtonnet, cacheter l'enveloppe, la glisser dans la boîte aux lettres m'a cependant troublée. Quels mystères allais-je percer ? Quels gènes inconnus allaient-ils s'ajouter aux miens ?

Le compte-rendu est arrivé dix jours plus tard. Je suis juive tunisienne à 85 %, asiatique, grecque et italienne à 2 %, et 13 % ashkénaze, ce qui m'a fait sourire car je pensais les Juifs de l'Est tellement à l'opposé de moi… Pas de secrets de famille donc, ni d'ancêtres improbables. Même si les pourcentages m'ont paru un peu trop précis, les résultats semblaient plausibles.

Ces chiffres font de moi une petite mosaïque, une Tunisie de poche, où la plupart des communautés qui l'ont composée sont représentées. Ils ne m'apportent toujours pas de réponses, mais, pour être fidèle à la tradition juive, encore des questionnements.

Juive tunisienne à 85 %.

Juive, bien sûr. J'écris « bien sûr » comme s'il s'agissait d'une évidence. Disons que j'ai accepté cette identité reçue en naissant, même si je ne suis pas marquée dans mon intimité comme doit l'être tout garçon juif au huitième jour de son existence terrestre, en signe d'alliance avec Dieu. Je l'ai acceptée sans m'interroger mais sans y adhérer totalement. Si le concept de judéité forgé par Albert Memmi[1], c'est-à dire l'« ensemble des caractéristiques vécues et objectives, sociologiques, psychologiques et biologiques qui font un Juif », me convient, je reste définitivement rétive à la pratique de la religion.

Tunisienne, bien sûr aussi. Là non plus, je n'ai pas de doutes. Je suis née à la clinique du Belvédère à Tunis, place Jeanne-d'Arc, à quelques mètres de la rue Gounod, j'ai été mise au monde par le docteur Valensi, comme des centaines

1. Albert Memmi, *Portrait d'un Juif*, Gallimard, 1962.

d'enfants avant et après moi. La France, qui n'apparaît pas dans le test et pour cause, n'est qu'un ajout que je dois à mes grands-pères. Ils sont tous les deux devenus français dans les années vingt – un pur hasard, ils ne se connaissaient pas – en prenant de leur pays d'adoption le bon (acculturation, émancipation, justice) et en s'accommodant du moins bon (colonialisme, antisémitisme). Ils étaient loin de se douter qu'ils y vivraient un jour.

Juive franco-tunisienne ou tuniso-française, donc. Et non pas juive arabe comme il est parfois à la mode de se définir aujourd'hui. Qu'y aurait-il d'arabe en moi, à part un goût prononcé pour la cuisine tunisienne et un corps aux rondeurs ataviques ?

« Jamais de la vie ! Nous sommes des Juifs, quel rapport ? » se serait exclamée Sarah si je lui avais posé la question. Ma mère aurait sans doute répondu la même chose.

Cette histoire d'arabité juive est complexe. Selon l'*Encyclopædia Britannica*, un Arabe est « quelqu'un dont la langue maternelle est l'arabe ». L'islamologue Maxime Rodinson propose une définition plus large qui englobe l'histoire, le patrimoine, les traits culturels, l'arabité, la religion musulmane. Là non plus, je ne me reconnais pas.

Mon arrière-grand-mère, Aziza Zouiza, la mère d'Albert, parlait l'arabe, était vêtue à l'arabe. Quand elle venait chercher oncle Pat à l'école, il se cachait pour lui échapper car il avait honte qu'on puisse les associer. Dans les débuts de notre arrivée à Paris, quand j'entendais parler Sarah ou ma mère en arabe, j'éprouvais la même honte qu'oncle Pat. Aujourd'hui, je regrette de ne pas avoir appris cette langue dont les sonorités m'ont bercée.

Aziza Zouiza était-elle une Juive arabe pour autant ? Ses parents, ses grands-parents, ses ancêtres l'étaient-ils également ? À certains égards, on pourrait le croire. Pourtant, dès l'arrivée des Arabes au Maghreb, c'est-à-dire au VIIIe siècle, les Juifs devenus minoritaires ont formé une communauté ethnique et religieuse à part, qu'ils ont préservée par tous les moyens, y compris, à certaines périodes dures de leur histoire, par le marranisme. De l'arabité, ils ont pris la culture et la langue, et gardé leurs coutumes religieuses chaque fois qu'ils le pouvaient. Contrairement aux chrétiens, qui ont pratiquement disparu du pays, très peu se sont convertis.

À l'instauration du Protectorat, la majorité des Juifs tunisiens ont changé de paradigme. Sans forcément opter pour la naturalisation, ils ont petit à petit choisi de vivre à l'occidentale et de s'exprimer en français. Cette acculturation nouvelle n'a pas effacé leur fond arabe ni surtout leur fond juif. Elle a simplement donné des Juifs tunisiens, de culture plus ou moins française ou plus ou moins arabe, selon le degré d'éducation.

Albert Memmi avait proposé que l'expression Juif arabe s'applique à tout Juif natif d'un pays arabe[1]. Il avait fait un flop. « Elle n'a plu ni aux Arabes ni aux Juifs, écrivait-il. Les Arabes n'arrivent toujours pas à concevoir cet être étrange, un Arabe qui ne soit pas musulman. Et les Juifs, un Juif qui ne soit pas de confession rabbinique. »

Il existe des Arabes chrétiens, me dit une amie libanaise qui ne se définit pas autrement. Et les musulmans des Balkans, d'Indonésie, du Pakistan, d'Afrique subsaharienne, de Turquie pour ne citer qu'eux, ne sont pas des Arabes.

Les Juifs non plus ne se rangent pas sous une bannière unique. Ils forment un peuple – pas une race, n'en déplaise à leurs ennemis et à leurs contempteurs – lié à sa culture et à son culte, qui survit grâce à la transmission de ses rites. « Juif » définit un peuple et une seule religion ; « Arabe », un peuple et au moins deux religions.

1. Albert Memmi, *Le Nomade immobile*, Arléa, 2000.

On peut débattre de ces questions à l'infini. Je l'ai fait à maintes reprises, avec des représentants de toutes les confessions. Personne n'était d'accord. Ni sur Arabe, ni sur Juif, ni sur le rapprochement de ces deux termes qui, à moi, semblent incompatibles.

En Tunisie, jusqu'au Protectorat français, et au-delà, les Juifs et les musulmans ont été à la fois rassemblés et séparés par d'invisibles frontières, ténues mais solides. Il faut remonter à l'invasion arabe pour comprendre comment leurs vies se sont entremêlées. Puis revenir au Protectorat et à l'indépendance, pour saisir comment leurs liens se sont défaits.

Un peu avant l'an 700, des musulmans venus d'Arabie ont déferlé à cheval sur l'Afrique du Nord. Les premiers étaient les Omeyyades, puis sont arrivés les Almohades, les Fatimides, les Hafsides… Enfin, au XVe siècle, les Turcs ont instauré une régence ottomane, représentée par les beys, et sont restés trois cents ans au pouvoir. Eux étaient des musulmans, pas des Arabes.

Il s'en est fallu de peu pour que les Omeyyades soient repoussés. Quelqu'un s'était levé pour les combattre. Ou plutôt quelqu'une. Une Berbère. Une Amazone comme celle de mon roman préféré. Celle-là était belle et courageuse comme la mienne mais aussi brune que l'autre était blonde.

Son nom en tamazight était Dihya, la reine. On l'appelait aussi la Kahina, la devineresse, car on prétendait qu'elle possédait des pouvoirs magiques. On la disait convertie au judaïsme. On racontait qu'elle avait apostasié sept fois.

A-t-elle vraiment existé ? On ne sait pas trop. Le grand historien tunisien Ibn Khaldoun l'a mentionnée dans ses écrits. L'avocate Gisèle Halimi en a fait un symbole féministe dans un de ses romans. De la Tunisie à l'Algérie, la Kahina est toujours la grande héroïne berbère. La seule dans une histoire qui, je trouve, manque singulièrement de femmes.

À la tête des tribus qu'elle avait réunifiées, la Kahina vainquit les Omeyyades par deux fois. Son triomphe fut de courte durée. Trahie par son fils adoptif, un jeune combattant arabe qu'elle avait épargné lors d'une bataille précédente, elle mourut à cheval, en 703 de notre ère, les armes à la main. La troisième tentative des Omeyyades avait été la bonne.

Et si la Kahina avait réussi comme Charles Martel, quelque trente ans plus tard à Poitiers, à repousser les Arabes ? Et si l'Afrique du Nord était restée juive et berbère ? Si, plutôt que la minorité que nous fûmes en terre d'Islam, nous en avions été les principaux habitants ?

On ne réécrit pas l'Histoire. La Kahina et ses guerriers n'avaient aucune chance face à leurs adversaires qui se comptaient par milliers. Et d'autres seraient revenus. Jusqu'à la victoire.

Tant pis pour elle et tant pis pour nous. Les Omeyyades déclarèrent que l'islam était la religion unique et contraignirent les Berbères à l'embrasser. Les minorités chrétienne et juive furent sommées de choisir entre la conversion, la soumission et l'exil.

« Si vous refusez de devenir de bons musulmans, leur dit le calife Omar ibn Abd al-Aziz, qui donna son nom au pacte signé en 717, vous devrez vous acquitter d'un impôt spécial, la *jizya*, et vous porterez des vêtements différents des nôtres. Vous serez nos protégés mais vous nous devrez allégeance. »

Juifs et chrétiens, autrement dit les gens du Livre, *al kitab*, choisirent de rester. Ils devinrent des *dhimmis*.

Dhimmi. Ce statut discriminant pour les non-musulmans dans tous les pays où l'islam s'est imposé a duré onze siècles en Tunisie. C'est bien long.

Suffisamment pour que toutes ces années de soumission soient restées inscrites dans l'inconscient des Juifs bien après l'abolition de la dhimma, cette « tolérance tissée de mépris », selon le mot de l'historien Georges Bensoussan. Pour qu'elles y aient gravé la méfiance et la crainte. Pour que leurs relations avec les Arabes soient encore empreintes de ce passé qui pèse toujours.

Les miens ont courbé la tête. Ils se sont acquittés de la *jizya* et des corvées. Ils ne pouvaient ni être armés ni monter à cheval. Ils chaussaient des babouches plus courtes que leurs pieds afin que leurs talons foulent le sol. Ils étaient *kif al amra*, « comme les femmes », aussi peu et aussi mal considérés. Ils habitaient des quartiers réservés. Ils baissaient le rideau de leurs commerces et barricadaient les portes et les fenêtres de leurs habitations au moindre signe d'émeute. Ils étaient victimes d'exactions ou de crimes, rarement punis par les tribunaux tunisiens.

Ils portaient gravée sur le visage, l'expression d'une « inquiétude perpétuelle[1] ». Et, sur le front, une « empreinte de malédiction[2] ». Ils étaient soumis à la *chtaka*, ce petit soufflet que tout Arabe (quel que soit son âge) avait le droit de donner sur la tête d'un Juif (quel que soit son âge) accompagné de cette agréable formule : « Baisse la tête, chien de Juif, et reçois la

1. Paul Sebag, *Tunis au XVIIe siècle. Une cité barbaresque au temps de la course*, L'Harmattan, 1989.

2. *Ibid.*

calotte rituelle de ton père et de ton grand-père ! » Comment effacer tout cela ?

Pourtant, en Tunisie, la vie des miens a sans doute été plus douce et plus facile que dans d'autres pays islamiques et certainement plus qu'en Europe. Les tensions étaient plus vives entre les tribus arabes qui se succédaient pour occuper le pays qu'entre musulmans et Juifs. Les massacres et les pogroms étaient plus nombreux en Europe, où la férocité des chrétiens envers les Juifs était sans égale.

Dans le monde arabe, les Juifs ont été des « colonisés de l'intérieur[1] », écrit l'historien Benjamin Stora. Mais entre les Arabes et eux, tempère-t-il, il y avait des moments de « convivance ». La sympathie, l'amitié même pouvaient éclore de personne à personne.

Sympathie. Amitié. *Convivencia* comme en Andalousie. Cela dépendait des époques, des milieux sociaux, du pouvoir en place. C'était comme toujours complexe, le pire côtoyait le meilleur.

Le meilleur ? Kairouan, où les Juifs s'installèrent en 670 et dont ils firent un centre

1. Benjamin Stora et Abdelwahab Meddeb, *Histoire des relations entre juifs et musulmans des origines à nos jours*, Albin Michel, 2013.

intellectuel qui rayonna dans toute la Méditerranée, comme Al-Andalus, en Espagne. Les deux religions y vécurent un ou deux siècles en paix dans le respect de chacun et l'échange des savoirs.

Le pire ? L'arrivée des Almohades au XIIe siècle. Les Juifs furent chassés de Kairouan et de Tunis et forcés de se convertir. Le grand Maïmonide, né en Espagne, leur suggéra de devenir des marranes. Cette ruse leur permit de survivre.

L'entre-deux ? Quand les Hafsides succédèrent aux Almohades. Les Juifs eurent de nouveau le droit de pratiquer leur religion qui s'était appauvrie, on s'en doute, et leur vie intellectuelle avec. Les persécutions disparurent mais la dhimma était plus stricte. Quand les Turcs remplacèrent les Hafsides, ce fut un peu plus facile. Pour l'élite juive surtout, qui put s'enrichir dans le négoce et bénéficier de passe-droits.

En 1857, le Pacte fondamental promulgué par le bey Mohamed Pacha supprima la dhimma et octroya l'égalité à tous les sujets de la Régence. Une égalité toute théorique : jusqu'au Protectorat, instauré en 1881, les Arabes demeuraient les maîtres. Mais c'était déjà un progrès.

En Tunisie, Juifs et musulmans vivaient dans des quartiers limitrophes, parfois dans la même rue, le même immeuble. Les pauvres s'entraidaient, les riches travaillaient ensemble. Les plus lettrés des Juifs avaient leurs entrées à la cour, en tant que trésoriers ou conseillers des monarques ottomans. L'arabe et le judéo-arabe différaient surtout par leur graphie et les mots d'hébreu que les Juifs y mêlaient à l'oral.

Leurs modes de vie étaient similaires. Ils aimaient la même cuisine, dansaient sur la même musique, portaient les mêmes vêtements, à quelques détails près. Leurs superstitions étaient communes. Seule la religion les séparait et créait cette différence dans la ressemblance. Quand l'européanité remplaça l'arabité, il resta cependant aux Juifs ce parfum des jours passés dont ils eurent du mal à se défaire.

J'essaie de comprendre la nature de leurs relations. Leur degré d'intimité. Leur méfiance réciproque. L'amitié, s'il y en avait. J'interroge des Juifs tunisiens, des musulmans aussi. Les discours s'accordent puis se contredisent. Les souvenirs et les émotions s'entrechoquent. La politique s'en mêle. Les voix sont discordantes.

On s'échangeait les plats de fête, on disputait des parties de foot sur la plage de La Goulette avec les Siciliens et les Maltais, on fréquentait ensemble le lycée Carnot, on travaillait côte à côte, on vivait séparément, c'étaient nos frères, nos semblables, on n'était pas reçus chez eux, on ne pouvait pas leur faire confiance, leur amour n'était pas sincère, ils pouvaient à tout moment se retourner contre nous. Il y avait de l'indifférence. Il y avait de la chaleur. Ni eux ni nous n'aimions les Français.

J'aurais eu envie d'y croire. J'ai toujours envie d'y croire. À la fraternité d'hier qui aurait tissé celle d'aujourd'hui et celle de demain. À l'effacement du ressentiment et de la peur. Aux bons souvenirs plus forts que les mauvais. À l'amour commun d'une même terre natale. Mais les uns sont partis, les autres sont restés. Les uns éprouvent le manque et les autres ont presque tous oublié.

J'ai laissé le Belvédère et ma petite enfance. Mon taxi rejoint à présent l'ancienne avenue de Paris, aujourd'hui avenue de la Liberté, où se dresse la grande synagogue surmontée d'une étoile de David, symbole de l'accès des Juifs à la modernité, là où mes parents se sont mariés. Nous longeons le quartier Lafayette, l'ancien fief des Juifs européanisés, jusqu'à l'avenue Habib-Bourguiba, Jules-Ferry du temps des Français, bordée en son allée centrale de quatre rangées de ficus taillés au cordeau. C'est depuis toujours la promenade favorite des Tunisois, le cœur battant de la ville. La vitre baissée, j'écoute les cris de la rue, j'observe les flâneurs attablés aux terrasses, les femmes voilées ou tête nue, les secondes sont encore nombreuses, les nuées d'enfants en uniforme, cartables au dos, les vendeurs ambulants installés sur un coin de trottoir.

Je me suis fait déposer devant Bab el Bhar, la porte de la Mer, anciennement porte de France, l'une des entrées de la médina. En descendant, j'ai acheté à un vendeur de rue des amandes fraîches débarrassées de leur coque vert tendre. Albert les cassait pour nous, comme il le faisait des noix dont il fourrait des dattes moelleuses qu'il lançait avec adresse dans nos assiettes, au moment du dessert. J'en ai encore le goût dans la bouche.

Tout en piochant mes amandes dans leur sac plastique, j'ai bifurqué rue de l'Église, qui marque le début des souks. J'aurais dû entrer de l'autre côté, par la rue de la Kasbah, mais c'est le seul chemin que je connaisse.

J'avais en tête des échoppes minuscules dégorgeant de pacotille dupliquée à des milliers d'exemplaires, souvent fabriquée en Chine, des bijoux, des narguilés, des chéchias, des verreries, de la vaisselle, des odeurs d'encens, de parfums, d'épices, de nourriture, de la musique joyeuse s'échappant des transistors, des vendeurs un peu insistants mais la plupart du temps sympathiques et bon enfant.

Je ne vois que des stands bourrés de vêtements bon marché, des objets de ménage, de la fripe, des visages fermés. Une foule dense et pressée dans laquelle les vacanciers se font rares me bouscule. Il n'y a plus ni odeurs, ni saveurs, ni ce *chlou,* cette douceur teintée de charme, qui caractérise ce pays. Le terrorisme, la pandémie, l'incertitude politique ont fragilisé une situation déjà précaire.

Pour rejoindre la médina que j'ai connue, les souks artisanaux dans lesquels j'ai tant aimé me perdre, les cafés anciens, les palais réhabilités, les jolies boutiques, les impasses charmantes, il me faudrait y passer des heures, mais je n'ai pas le temps de flâner. J'ai rendez-vous avec ma famille.

Après avoir commandé mon test ADN, je me suis inscrite sur un site de généalogie comme il en fleurit beaucoup sur Internet, depuis que la chasse aux ancêtres est devenue un passe-temps à la mode. À mon grand étonnement, j'ai obtenu des renseignements que je n'aurais jamais pensé dénicher si vite.

Grâce à Emmanuel, un parent inconnu, qui avec quelques autres enthousiastes a fait de ce simple hobby une passion chronophage, j'ai découvert le plaisir de me perdre dans les ramifications de mon arbre.

Les algorithmes aidant, il a suffi de quelques rapprochements entre nos ascendants communs pour faire apparaître les miens presque au complet jusqu'au début du XVIIIe siècle. Les archives ne remontent pas au-delà. C'est frustrant mais je dois faire avec. Leurs dates de naissance et de décès sont parfois accompagnées de détails précis, un relevé d'état civil, une profession, une photo sépia. Souvent c'est compliqué et j'ai du mal à suivre. La plupart du temps c'est aussi passionnant qu'un roman.

J'ai ainsi pu remonter la lignée maternelle d'Albert jusqu'en 1745, date de naissance d'Abraham Dana, son arrière-arrière-grand-père. Ils portent le même prénom. Albert a francisé le sien.

Mes ascendants. Mes ancêtres. Mes aïeux. Ces mots me font sourire. Oncle Pat se serait moqué de cette prétention goy. Il aurait trouvé sur-le-champ les emblèmes de notre blason : « De thon et de boutargue ». C'est à ces détails-là que je sais qu'il nous manque.

Une adresse revient souvent, le 3 rue El Ghariani.

Était-ce le lieu de naissance d'Albert ? Si j'en crois ces informations, c'était probablement celui de ses parents, de ses grands-parents et de ses arrière-grands-parents. Les Zeitoun, et avant eux les Dana, ont vécu dans cette petite rue qui porte le nom d'un juriste kairouanais et qui abritait des ateliers, des cordonneries, une imprimerie hébraïque. Le grand-père d'Albert était marchand de fils au souk El Grana, tout proche. Son père avait ouvert une mercerie au marché central. Albert et l'un de ses frères y ont travaillé.

La rue El Ghariani ainsi que le souk El Grana étaient situés dans la Hara, le quartier juif de Tunis, dont on dit qu'il a été fondé au XIe siècle par le cheikh Sidi Mahrez.

Comme toutes les légendes, celle-ci détient probablement une part de vérité. Les Juifs n'avaient pas le droit de dormir à Tunis, la nouvelle capitale du pays. Sidi Mahrez intercéda en leur faveur et obtint du souverain qu'il leur accorde un endroit protégé dans la ville. Pour le délimiter, il grimpa tout en haut de la mosquée Bab Souika et jeta un bâton au loin.

L'endroit où il tomba désigna les frontières informelles du nouveau quartier juif, au nord-ouest de la Médina arabe, entre la rue de la Kasbah et la place Bab Cartagena. Tous les Juifs du pays seraient tenus d'y vivre.

Tous les Juifs. À l'intérieur de ces trois mots, les disparités étaient immenses. Quoi de commun, sinon la religion et le statut de dhimmi, entre les riches et les pauvres, les élites cultivées et les analphabètes, les rabbins et les séculiers, les autochtones et les étrangers ? Rien ou si peu. Mais jusqu'au milieu du XIXe siècle, ils se côtoyèrent dans la Hara de Tunis, séparés par des frontières plus tacites que concrètes. Il suffisait parfois d'une ruelle.

À la périphérie, dans de belles demeures aux murs hauts, louées aux musulmans car les Juifs n'avaient pas le droit d'être propriétaires, habitaient les plus fortunés d'entre eux, les négociants, les artisans, les orfèvres, les fonctionnaires au service du bey et les caïds des Juifs, les personnages les plus importants de la communauté.

Dans le centre de la Hara, les miséreux logeaient dans des *oukalas*, des masures au sol de terre battue, louées à la chambre, où l'air frais et le soleil ne pénétraient jamais, d'une superficie si petite qu'on restait dehors jusqu'au coucher. Dans ces quartiers pouilleux, semblables à de grands dépôts d'ordures ménagères, sévissaient toutes les maladies infectieuses responsables de morts en pagaille, surtout parmi les enfants en bas âge.

La religion rythmait la vie. Chaque semaine revenait le chabbat ponctué des chants et des prières qui s'échappaient des synagogues dont aucune ne subsiste aujourd'hui. Les effluves de cuisine masquaient les mauvaises odeurs, la gaieté l'emportait pour quelques heures, empreinte de cette exubérance propre aux Orientaux qui, même confrontés à la précarité extrême, ne laissent passer aucune occasion de se distraire.

Les voyageurs décrivaient la Hara sans aménité, soulignant sa laideur, sa misère, l'indécence de ses filles de joie, la déchéance de ses habitants. À l'inverse, la plupart des écrivains judéo-tunisiens, Ryvel, Véhel, Vitalis Danon, Albert Memmi, Nine Moati, l'ont dépeinte avec un réalisme cru où affleure cependant la tendresse. Et beaucoup qui y sont nés s'en souviennent avec affection.

Le Pacte fondamental autorisa les Juifs à acheter leurs demeures et à vivre où bon leur semblait. Les plus aisés gagnèrent le quartier européen, en bordure de la médina. Simon et Nina, les parents de Sarah, migrèrent d'abord rue Lafayette puis avenue de Londres. D'autres préférèrent s'installer près de la mer à Carthage, à La Marsa, à Hammam Lif ou au Kram, là où ils pouvaient respirer un air moins vicié. Les pauvres demeurèrent sur place. Et le ghetto se délabra encore un peu plus.

Jugée insalubre par la municipalité, la Hara fut détruite en partie avant la Deuxième Guerre mondiale. Les destructions reprirent après l'indépendance. Ce qu'il en est resté, bien peu, à vrai dire, a été intégré dans la Hafsia, un quartier de la médina qui doit son nom aux Hafsides.

Autour de moi, les adultes évoquaient la Hara avec dégoût. Les Juifs qui y vivaient, sales, illettrés, superstitieux, étaient notre repoussoir.

Nous étions devenus ceux qu'Albert Memmi décrit avec colère comme les « Juifs riches, d'une deuxième génération de culture occidentale, qui moquaient, comme les autres l'accent du ghetto[1] ».

Cette fierté de privilégiés n'empêchait pas Sarah de s'occuper des miséreux. Comme toutes les dames juives de la bonne société, elle était membre d'associations de bienfaisance. Régulièrement, elle leur apportait des paniers de nourriture, accompagnée par ma mère ou tante Pim.

Se souvenaient-elles que nous venions aussi de là ?

1. Albert Memmi, *La Statue de sel*, Corrêa, 1953.

J'ai terminé mes amandes à la va-vite, comme l'aurait fait oncle Pat, comme lui plus pressée de manger que de savourer. Je tourne en rond. Le GPS que je consulte toutes les trois minutes sur mon téléphone ne m'est d'aucun secours. Je n'ai même pas réussi à me diriger vers les souks des artisans. Je fatigue. Mais je tiens bon. Je n'ai pas envie d'abandonner Yom Tov, Abraham, Mahana, Aziza Zouiza. Je ne les connaissais pas il y a peu. À présent, ils sont les nouveaux membres de ma famille de Pantin. La prochaine fois que je me rendrai au cimetière, je poserai en secret des petits cailloux supplémentaires sur la tombe d'Albert. Ceux-là leur seront destinés.

À qui ressemblaient-ils ? À ces Juifs que j'ai si souvent regardés dans les albums de photos anciennes et les tableaux des peintres orientalistes ? À ce vieil homme au turban noir ? À cette grosse femme coiffée d'un hennin ? Mes aïeules avaient-elles des corps monstrueux, des cuisses informes, des chevilles empâtées ? Marchaient-elles à petits pas pesants ?

La morphologie des Juives tunisiennes est héritée de siècles de gavage avant le mariage. L'embonpoint était une marque de beauté, indispensable pour trouver un époux. Puis tout a radicalement changé. Après la guerre, la minceur est devenue la norme.

Sarah, si gourmande et si grasse, se moquait bien de sa corpulence. Tout comme Albert, qui passait son temps à lui acheter des douceurs. Elle aimait plus que tout les gâteaux au miel et les glaces noyées de chantilly, les banana split, les pêches Melba, les chocolats liégeois, ces desserts alambiqués, aujourd'hui passés de mode, qu'elle commandait à la file.

« Une si petite glace dans un si grand corps », plaidait-elle quand ses filles gagnées à la cause de la maigreur occidentale lui faisaient les gros yeux.

Ma mère, ma tante m'ont transmis leur obsession du poids, commune à leur génération pourtant élevée au couscous et aux pâtisseries dégoulinantes de sucre.

Tu as grossi, tu as maigri, tu es mince, ça te va bien, fais attention, tu as de la cellulite, fais un régime, tu devrais perdre deux kilos, ne mange pas de pain, pas de pâtes, pas de dessert, fais du sport.

Ces injonctions ont scandé ma vie. Chez d'autres, elles l'ont ruinée.

« La Hafsia ? Il n'y a rien là-bas, juste de la vieille fripe, me dit un vendeur de jeans à qui j'ai demandé mon chemin. Va plutôt au souk El Attarine, celui des parfums. »

Je ne comprends pas pourquoi je m'obstine. Je suis lasse de me perdre dans la foule qui m'oppresse, d'errer dans ces ruelles laides et encombrées, de jouer des coudes, le nez collé à mon téléphone qui ne me guide pas, tendue vers un objectif qui se dérobe. Je crois que je vais laisser les miens tranquilles. Les rendre au passé. Les laisser dormir.

Je ne sais quelle inspiration me fait lever la tête et regarder la plaque de la ruelle où je débouche en arrivant de la rue de la Verrerie, quelques mètres avant de quitter la médina.

Rue El Ghariani.

J'entame une petite danse de la victoire vite interrompue face au regard ébahi de deux commerçants qui discutent devant une boutique de vêtements. Que leur dire ? Ils ne comprendraient rien.

Je me sens comme quelqu'un qui a trouvé un trésor longtemps convoité et ne peut partager sa découverte avec personne. Exaltée, émue, incrédule.

Je remercie Albert tout bas. Je ne sais pas grand-chose de lui, mais je suis sûre à présent qu'il est né rue El Ghariani, qu'il y a vécu enfant, qu'il a gambadé avec ses huit frères et sœurs quand sa mère, lasse de l'exiguïté de leur logis, de la promiscuité, du bruit incessant, les envoyait jouer dehors.

De tous mes disparus, il est celui dont la présence m'accompagne, et qui, à sa façon, me protège. Albert et son ton bourru, sa pudeur, son appétit de vivre, ses blagues magnifiques, sa tendresse aussi.

Tante Pim n'aimerait peut-être pas la concurrence mais c'est à lui que je m'adresse quand je ne sais plus quoi faire et il répond souvent présent. Cette fois encore, il est là pour moi.

Le numéro 3 n'existe pas. À sa place, j'ai trouvé une impasse étroite, flanquée d'un petit immeuble. J'inspecte les extérieurs sous le regard intrigué d'un vieil homme assis au fond de l'impasse, qui tire lentement sur sa cigarette. Je n'ose pas frapper à la porte dont la peinture verte qui s'écaille mériterait un bon coup de pinceau.

Bonjour, désolée de vous déranger, mais mon grand-père a peut-être vécu là. Et son père avant lui. Vous avez entendu parler d'Abraham Dana ? Il est né en 1745. Et de Yom Tov Dana, son fils ? Lui a vu le jour en 1785. Il était marié à Ramouna, née Cohen.

Comment le formuler en arabe ? Je peux toujours essayer en français. Je m'entends déjà avec mon accent parisien que je m'efforcerai de rendre plus pointu encore. Qui pourrait me comprendre ?

Les questions se bousculent dans mon esprit. Comment Albert s'est-il sorti de là ? A-t-il connu la pauvreté ? Où a-t-il appris le français ? Est-il allé à l'école de l'Alliance israélite qui se trouvait aussi dans la Hara ? Ou au kettoub comme tous les garçons avant leur bar-mitsva ? Où a-t-il vécu avant d'épouser Sarah ? J'enrage de ne rien lui avoir demandé. Surtout de n'y avoir jamais pensé.

De Yom Tov à Albert, cinq générations se sont succédé. Qu'avait de commun mon grand-père, ce monsieur cravaté, chapeauté, occidentalisé, grand voyageur et homme de progrès, avec cet aïeul que j'imagine assis devant sa porte tout comme le vieil homme au fond de l'impasse ? Mes enfants ont ouvert de grands yeux quand je leur ai appris que Yom Tov signifiait « jour de fête » en hébreu. La distance est si grande entre nous, deux siècles et demi et des milliers d'années-lumière, que j'ai du mal à concevoir que nous sommes apparentés.

Fumait-il la chicha ? Mangeait-il des glibettes à la file dont il recrachait les écorces sur le sol ? Était-il gros ? Chauve ? Barbu ? Peut-être les trois à la fois. Travaillait-il ? Et à quoi ? Marchand de fils, déjà ? Ou pilier de synagogue ? Je l'aurais sans doute détesté. Trop pieux, trop superstitieux, trop sale, trop macho.

Était-il polygame ? Jusqu'à Bourguiba et son code du statut personnel, les Tunisiens, Juifs et Arabes pouvaient l'être. Les Juifs usaient rarement de ce droit. Cependant monsieur B., le meilleur ami d'Albert, avait une seconde femme, épousée sur l'insistance de la première qu'il aimait mais qui était stérile. Elle y avait mis une condition : elle devait choisir l'autre épouse et élever ses enfants comme s'ils étaient les siens.

Monsieur B. avait installé la numéro deux dans une maison mitoyenne. Sans doute venait-elle d'un milieu modeste. Comment aurait-elle pu accepter autrement cette situation difficile ? Mère porteuse avant la lettre, elle avait eu cinq enfants tous élevés par la numéro un. On disait la première madame B., la deuxième madame B.

Cette histoire qui me fascinait et me scandalisait à la fois disait la toute-puissance des hommes sur les femmes, celle de la bourgeoisie sur les pauvres et la malédiction, commune à tous, de la stérilité.

Je ne sais si Yom Tov a eu une autre épouse que Ramouna. Je sais seulement qu'elle lui a donné huit enfants, dont Mahana Meriem, grand-mère d'Albert, mère de sa mère Aziza Zouiza, dont ma mère portait aussi le prénom.

Chaque fois que je vais en Grèce, on me demande si je suis grecque. J'ai appris que je portais le nom d'un célèbre chanteur local, mais je n'en ai pas retrouvé la trace. En Espagne, je passe pour Espagnole, en Italie pour Italienne, à condition de ne pas prononcer un mot, mon accent français me dénoncerait. J'ai des sœurs jumelles, brunes et typées, autour de la Méditerranée.

Cela n'a rien d'étonnant, surtout si je me réfère à mon test ADN. Même si les pourcentages en sont dérisoires, il indique du Grec et de l'Italien dans mes gènes. Juifs ? Je ne sais pas. Je le suppose.

Hasard ou détermination ? La Grèce est un des pays que je préfère. Les étés immobiles sous la chaleur, les portes bleues et les maisons chaulées de frais, une certaine douceur de vivre m'évoquent avec force la Tunisie sans la pesanteur du passé, ce qui me permet de m'y sentir libre. Je pourrais terminer mes jours à Athènes, dans un de ces appartements de Kolonáki construits dans les années soixante, avec un grand balcon ensoleillé où, l'hiver, je réchaufferais mes vieux os.

Aux beaux jours, je prendrais un ferry au Pirée ou à Lavrio et je louerais une petite maison à Symi, Sifnos, Andros ou Kéa. Je changerais régulièrement d'endroit, chaque île a son charme. Pour y accéder, il faudrait grimper sur un chemin bordé de figuiers aux branches levées vers le ciel, comme s'ils voulaient le remercier de les avoir fait grandir sur cette terre magnifique. Je me gorgerais de leurs fruits mûrs, prêts à éclater.

De ma fenêtre, je regarderais la mer. Sa vue ne m'ennuierait jamais. Peut-être demanderai-je dans mon testament qu'on y disperse mes cendres. Je n'ai pas réfléchi à l'endroit où je veux reposer. À Pantin, près des miens ? Ou dissoute dans cette Méditerranée qui fut mon berceau et pourrait être ma dernière demeure ?

Les Grecs ont vécu en Tunisie dès l'Antiquité. Certains sont arrivés d'Égypte et de Cyrénaïque, d'autres ont été les compagnons d'Ulysse quand il a jeté l'ancre à Djerba. Parmi eux, il y avait peut-être de ces Juifs hellénisés, ces Romaniotes qui venaient d'Alexandrie et qui ont essaimé un peu partout en Orient et en Méditerranée.

Des siècles plus tard, sous la régence ottomane, d'autres Grecs, principalement des pêcheurs d'éponge, sont arrivés de Thessalie, de Macédoine, de Crète, des Cyclades. Ils se sont installés à Tunis, à Sfax et à Djerba, y ont bâti trois cathédrales orthodoxes. Ils n'ont pas été plus d'un millier, mais ils y ont laissé quelques traces et un héritage culinaire venu d'Orient : les raisins secs, les olives salées, le sirop d'orgeat, les loukoums, la halwa, le mastic. Qui sait que nous le leur devons ?

Pour ma part, je ne sais pas à qui je dois ces quelques gouttes de sang hellène, ce nom de famille que l'on retrouve en Grèce, cette attirance pour ce pays où je me sens aussi chez moi. Mais faut-il à tout prix des réponses qui encore une fois entraîneraient d'autres questions insolubles ?

Je suis un petit peu plus sûre de mes gènes transalpins. Mon arrière-grand-mère, Hnina Anna Tapia était d'origine italienne. Mon père, qui l'a connue, se souvient d'une femme simple, illettrée, qui mêlait à son patois judéo-arabe quelques mots d'italien.

Le peu que je sais d'elle tient en trois mots. Fille, épouse et mère. Ce qui, pendant des siècles, a suffi à définir une femme. Son père se prénommait Moïse ou Mouchi, son mari Mardochée et son fils Victor, mon grand-père.

Tapia était probablement un patronyme espagnol. Comme ceux de certains de ces Juifs toscans émigrés en Tunisie à la fin du XVIIe siècle. Ceux que les Touansas, les Juifs autochtones, appelaient les Granas – au singulier Guerni – d'après Leghorn, le nom hébreu de la ville de Livourne, où ils vivaient depuis le XVIe siècle, après avoir quitté la péninsule ibérique.

Hnina était-elle une Guerni ? Rien n'est moins sûr. Aux dires de mon père, elle semblait trop humble, de trop basse extraction. Les Granas étaient réputés pour leur aisance financière, leur éducation et aussi, peut-être surtout, pour leur prétention.

« Ils se prennent pour la crème de la crème, le dessus du couffin », disait Sarah.

Comme la plupart des Touansas, elle aurait sans doute aimé en être. Leur sentiment de supériorité a perduré. Aujourd'hui encore, quand deux Juifs d'origine tunisienne se rencontrent pour la première fois, le Livournais se débrouille pour placer son origine quasi divine.

Les Granas ont-ils importé le snobisme en Tunisie ? Le mot, qui n'existait pas à l'époque, semble avoir été inventé pour eux. Ces grands airs, cette distance affichée, ce refus du mélange avec le *vulgum pecus* leur venaient probablement de la *honra*, cette manière d'être tout espagnole, acquise en fréquentant la noblesse et la cour.

Leur origine remonte à Séfarad, le mot hébreu qui désignait l'Espagne et qui a fini par englober tous les Juifs qui n'étaient pas ashkénazes. Pendant quelques siècles, les Juifs espagnols avaient vécu en minorité, d'abord parmi les chrétiens, ensuite parmi les Arabes arrivés au VIIIe siècle, comme en Afrique du Nord. Ainsi qu'à Kairouan, l'âge d'or d'El Andalus fit croire à la tolérance universelle et au respect entre les peuples. C'était compter sans les démons qui sommeillent en chacun, sans le désir humain de détruire tout monde parfait dès qu'il atteint son apogée.

Au XIVe siècle, les musulmans donnèrent le signal des hostilités avec quelques massacres bien sanglants qui dispersèrent les Juifs autour de la Méditerranée. Certains débarquèrent en Algérie et au Maroc, plus rarement en Tunisie. Partout, ils se mêlèrent à la population locale.

Quand les Rois catholiques entreprirent leur Reconquête, ils combattirent d'abord les Arabes puis ils persécutèrent les Juifs, les forçant à la conversion. Beaucoup d'entre eux pratiquèrent le judaïsme en secret. Tous les convertis n'étaient pas des marranes, certains endossèrent leur nouvelle foi avec sincérité, sans pour autant être exempts de soupçons qui déclenchèrent une inquisition féroce au nom de la *limpieza de sangre,* la pureté du sang. Quelques siècles plus tard, dans l'Allemagne nazie, une suspicion de judaïsme dans l'arbre généalogique suffirait à vous envoyer à la mort.

En 1492, Ferdinand et Isabelle expulsèrent définitivement les musulmans et les Juifs. Certains choisirent de fuir par la mer, conscients des dangers qui les guettaient, dont les pirates n'étaient pas les moindres. Les survivants s'éparpillèrent dans tout l'Empire ottoman et poussèrent plus loin encore vers le nord et l'est de l'Europe. Trente mille autres, des plus brillants et des plus fortunés, préférèrent franchir la frontière portugaise avec leurs familles. Le roi Manuel les accueillit moyennant un droit de passage élevé. Quatre ans plus tard, sa jeune épouse, fille des Rois catholiques, exigea leur conversion sous peine de mort. L'exil leur fut interdit.

Le souverain donna quarante ans aux Juifs pour se soumettre. Puis il déclencha une Inquisition dont la barbarie n'avait rien à envier à celle de l'Espagne. La majorité décida de rester. Certains en vrais *conversos,* d'autres, plus nombreux, en marranes. Quelques-uns embarquèrent clandestinement vers des contrées plus clémentes, toujours en proie à mille périls. Aucune situation n'était confortable.

« Ce que les Juifs ont vécu, et ce à quoi ils ont tant bien que mal survécu pour raconter, a été la plus intense litanie d'adversités qu'ait connu l'humanité, parmi toutes celles endurées par d'autres peuples », écrit Simon Schama au début de sa monumentale *Histoire des Juifs*[1].

Cette obstination millénaire à surmonter les épreuves et à se reconstruire, à se réclamer avec ferveur d'un peuple et d'un culte qui ne leur ont apporté que des problèmes, force mon admiration. Ce qui n'a pas toujours été le cas.

À certains moments de ma vie, j'aurais pu adopter les mots de Solal, le héros de *Belle du Seigneur* d'Albert Cohen. « Faire croire que je ne suis pas un Juif comme les autres, que je suis un Juif exceptionnel pour m'affirmer différent des honnis puisque je les moque, pour faire croire, ô honte sur moi, que je suis un Juif pas juif. »

Moi aussi, comme Solal, j'ai voulu être une « Juive pas juive » et même une Juive anti-Juifs, car j'ai du mal à supporter l'étroitesse d'esprit de certains dont l'excès de religiosité me hérisse, leur sectarisme prompt à condamner tout ce qui n'est pas des leurs, leur enfermement dans des rituels qui les rassurent à défaut de les comprendre.

1. Simon Schama, *L'Histoire des Juifs*, Fayard/Pluriel, 2019.

Moi aussi, comme Solal, j'ai voulu me retirer et, comme lui, je suis revenue. Le judaïsme n'est pas « les Juifs ». Ma judéité, pour exister, n'a pas besoin de s'encombrer de ceux qui me déplaisent.

Il serait si doux pourtant de mettre la clé sous la porte. De dire adieu à ses origines. Pour ne plus éprouver « le malheur d'être Juif[1] », comme l'écrivait Albert Memmi.

Mais c'est peine perdue. Il n'y a pas d'échappatoire. « On ne peut jamais cesser d'être Juif[2] », constatait Léo Strauss. Même enfouie, même niée, cette identité est irrémissible. Je suis bien obligée de m'en accommoder. Et, plus encore, de l'endosser sans plus rechigner de m'affirmer là où on me dénigre, de m'imposer là où on me rejette, de riposter là où on m'attaque. Et de refuser la fatalité.

Comme le racisme, l'antisémitisme n'en finira jamais. Ce n'est pas une raison pour baisser les bras et laisser se propager sans les combattre les démons de la haine. Ces temps-ci, ils sont à nouveau très nombreux, vindicatifs et mortifères.

Je veux prendre aussi des Juifs la meilleure part. Ne pas être seulement du côté du peuple

1. Albert Memmi, *Portrait d'un Juif*, Gallimard, 1962.
2. Léo Strauss, *Pourquoi nous restons juifs* [1962], Allia, 2017.

qui souffre, qui pleure et qui erre, mais du peuple qui chante et qui vibre, du peuple qui garde l'espérance et place la vie au-dessus de tout.

Il y a tant de façons de se sentir juif. Les miennes tiennent en deux mots, fierté et fidélité. La fierté d'appartenir au peuple du Livre, des textes, de l'interprétation, du questionnement et de l'intelligence. La fidélité à une histoire, une culture, des valeurs, des traditions que je me sens libre de ne pas respecter et qui pourtant m'émeuvent.

Si je ne connais aucune prière, hormis le *Baroukh ata Adonai*, et encore, une table de chabbat, dressée un vendredi soir n'importe où dans le monde, me bouleverse par ce rituel qui transcende les lieux, les nationalités, les langues, et unit les convives autour de mots, de chants, de gestes, qui ont traversé les siècles, racontent notre passé commun et perpétuent notre devenir.

Je n'ai pourtant pas transmis grand-chose de ces racines à mes enfants et je le regrette quelquefois. J'ai voulu les laisser libres de choisir ou de ne pas choisir entre leur partie juive et leur partie chrétienne. Il m'a toujours semblé, et à leur père avec moi, qu'il ne fallait rien leur imposer, que leurs deux identités ne seraient pas un fardeau mais au contraire une richesse.

Ils ont accepté ce métissage comme une force. La pratique religieuse ne les intéresse pas mais les traditions leur conviennent, Pessah et Pâques, Noël et Hanoukka, que nous avons réunis en un Hannoël joyeux. Comme la mienne, leur judéité passe par la famille et par la nourriture. Ce qui est encore une énième façon d'être juif.

J'ai beau les moquer gentiment, les Livournais me fascinent, sans doute parce que, comme Sarah, je n'appartiens pas à leur lignée. Pour l'historien anglais Cecil Roth[1], ils ont été les premiers Juifs modernes. En Tunisie, les premiers à introduire une certaine idée de l'Europe.

En 1591, quand Ferdinand de Médicis, grand-duc de Toscane, décida de relancer le port de Livourne, il invita tous les commerçants, artisans, médecins, savants étrangers à venir s'y fixer. Secrètement c'est aux marchands juifs qu'il pensait, à leur dynamisme dans le négoce. Pour mieux les attirer, il leur octroya une charte, la Livornina, dont une clause leur accordait une totale liberté de culte : « Ni inquisition, ni perquisitions, dénonciations ou accusations contre vous ou vos familles. » Ni ghettos non plus. À l'heure où les villes d'Italie fermaient leurs portes aux Juifs, où les persécutions s'aggravaient contre

1. Cecil Roth, *Histoire des marranes*, Liana Levi Piccolo, 2002.

eux dans la péninsule ibérique, cet asile tombait du ciel.

Les Juifs accoururent. En particulier les Espagnols, les Portugais qui avaient enfin obtenu le droit d'émigrer et les marranes à qui Livourne allait enfin permettre de pratiquer leur judaïsme sans se cacher. Tous étaient cultivés, ouverts aux idées nouvelles, un peu plus tard ils s'intéressèrent à la Haskala[1], l'équivalent juif des Lumières, pour accélérer leur émancipation religieuse. Certains devinrent francs-maçons.

À la fin du XVIIe siècle, Livourne était grâce à eux une ville prospère, qui abritait la plus grosse communauté séfarade d'Europe. Quelques négociants livournais nouèrent des relations d'affaires avec l'Algérie et surtout avec la Tunisie où ils ouvrirent des comptoirs. Ils finirent par s'y établir avec leurs familles. Des armateurs, des médecins, des avocats, des ingénieurs se joignirent à

---

1. La Haskala (« éducation » en hébreu) est un mouvement de pensée juif, fortement influencé par la philosophie des Lumières, qui s'est développé aux XVIIIe et XIXe siècles et a marqué le début de la modernisation des Juifs. Il s'est d'abord propagé parmi les Juifs allemands, avec Moses Mendelssohn, pour gagner les Juifs européens, occidentaux et orientaux et enfin les Juifs d'Afrique du Nord. Ce mouvement mettait en avant l'éducation, la culture, l'apprentissage, l'amélioration des relations entre les Juifs et les peuples au sein desquels ils vivaient, pour permettre leur émancipation.

eux et vinrent grossir la population juive qui comptait environ trente mille âmes.

De la même façon qu'ils avaient contribué à la prospérité de Livourne, ils participèrent à l'essor de leur nouveau foyer. Entre eux, ils s'exprimaient en espagnol, en portugais et en italien. Ils usaient de l'arabe pour leurs affaires et dans leurs relations avec les Touansas.

Au début, ceux-ci accueillirent ces Juifs bizarres avec une bienveillance mâtinée de curiosité. Comme ils étaient habitués à voir débarquer chez eux toutes sortes de peuples, ils étaient d'un naturel accueillant, peut-être un peu trop. Sans doute manquaient-ils de discrétion. Je les vois d'ici examiner leurs perruques, leurs bas de soie, leurs visages poudrés, peut-être même essayer de les toucher, et se faire renvoyer dans leurs cordes. Les nouveaux venus ne leur répondaient pas, ou alors du bout des lèvres.

Les Granas n'avaient aucune envie de frayer avec ces indigènes chaussés de babouches et ne se donnaient même pas la peine de faire semblant. Pourtant les Touansas y mettaient de la bonne volonté, même si, entre eux, ils se mirent à se moquer de leurs grands airs et à les traiter d'antipathiques, de *rkiks* en arabe. Ce qui au pays de la sympathie était la pire des insultes.

Ils tentèrent d'abord de cohabiter. Ce n'était simple pour personne. Comme tous les Juifs, les Granas étaient tenus d'habiter dans la Hara, mais comme une grave crise du logement y sévissait alors, cet afflux de population obligea les Touansas à s'entasser. Après moult protestations de part et d'autre, un décret du bey repoussa les limites du ghetto pour permettre aux Livournais d'y vivre décemment. Ils y établirent leur quartier commerçant, le souk El Grana, où ils vendaient de la quincaillerie, des épices, des colorants.

Cette promiscuité forcée n'arrangea personne. Les Taïeb, Haïk, Hayat, Boutboul, trouvèrent de plus en plus insupportables ces Attia, Bembaron, Franco, Medina et autres Cardoso, qui eux-mêmes rejetaient ces grossiers autochtones. Deux mondes opposés, l'Europe des Lumières et l'Orient profond s'affrontaient. C'était aussi, peut-être même surtout, une question sociale. Les Granas étaient instruits et riches, quand les Touansas, dans leur ensemble, étaient incultes et miséreux. Pas question de se mélanger ! Et surtout pas de se marier. Les Granas refusaient de donner leurs filles si éduquées à ces sauvages arriérés, de faire épouser à leurs fils, des grosses femmes illettrées.

En 1710, les Granas exigèrent la séparation entre les deux communautés. Le bey la leur accorda. Chacun aurait désormais ses propres synagogues et ses carrés réservés au cimetière, son abattage rituel, ses rabbins et son grand rabbin. Le caïd demeura le même pour tous. Comme les Livournais étaient peu nombreux, ils payaient une *jizya* inférieure des deux tiers à la somme que l'État exigeait des Touansas.

À partir de 1741, tout Juif originaire d'un pays musulman fut rattaché aux Touansas. Tout Juif originaire d'un pays chrétien, à la communauté grana. Ainsi on pouvait se dire livournais sans être portugais ni même italien. Mais tous étaient des sujets du bey.

Au fil du temps, la ségrégation se relâcha. À la fin du XIXe siècle, un décret fusionna les deux communautés qui continuèrent cependant de fonctionner d'une manière autonome. Ce n'est qu'après la Deuxième Guerre mondiale qu'une loi abolit leur séparation.

Au XIXe siècle, au cours des diverses étapes de l'unité italienne, d'autres Juifs toscans, désormais assurés d'un statut européen et de la protection du consul de Toscane, s'établirent dans le pays, surtout à Tunis. Ceux-là portaient des noms italiens, étaient de langue et de culture italiennes et ils allèrent tout de suite s'installer dans le quartier franc, hors les murs de la Hara.

Ces nouveaux venus changèrent la physionomie de la communauté grana, qui adopta la langue de Dante.

En parallèle, la Tunisie accueillit des réfugiés politiques chassés de la péninsule, comme Garibaldi qui vécut dans la médina, et des Calabrais, des Siciliens, des Sardes, catholiques et fuyant la misère. À l'indépendance du pays, les Italiens juifs et non-juifs étaient près de cent mille, contre trente-cinq mille Français. Au point que certains affirmaient que la Tunisie était un protectorat italien administré par la France.

Les Granas, Livournais et assimilés étaient les moins nombreux. On en comptait seulement quatre mille après la Deuxième Guerre mondiale. Mais leur importance pour le pays en général et pour les Juifs en particulier fut proportionnellement inverse à leur nombre. Ils s'impliquèrent dans l'éducation, la médecine, le droit, la finance, la diplomatie. Leur influence fut prépondérante jusqu'à la cour des beys.

En parallèle, ils œuvrèrent à l'émancipation et à l'éducation des Touansas, bien avant le Protectorat français. Conscientes d'y gagner beaucoup, les élites locales acceptèrent de se laisser mentorer et de s'associer à certains dans les entreprises et le négoce maritime.

Les Juifs tunisiens doivent aux Italiens leur passion pour les pâtes à la sauce tomate, dont chaque famille se targue de posséder la vraie recette. Ils ont aussi hérité des Granas quelques plats comme le *msoki*, ce tajine qu'on déguste une fois l'an à Pessah, le couscous au poisson, et l'escalope panée « à la florentine », arrosée de quelques gouttes de citron.

Avec le temps, l'usage du citron s'est répandu chez les Juifs tunisiens au point qu'il leur est indispensable sur presque tous les plats, le poisson, les viandes grillées, la boutargue, les fritures, les légumes ou les salades accompagnées d'huile d'olive.

En tranches, en quartier, en jus, en granite, confit, ou en saumure, le citron est plus qu'une coutume gustative, c'est un emblème, un cri de ralliement, contenu tout entier dans cette phrase angoissée, à coup sûr prononcée par un Tune avant de commencer un repas :

« Y a du citron ? »

C'est au cours d'une conversation avec le professeur israélien Yaron Tsur, spécialiste de l'histoire des Juifs de Tunisie, que j'ai entendu parler pour la première fois de ma vie du rabbin Haim Yossef David Azoulai, dit le Hida. Après notre rencontre, j'ai cherché à en savoir plus. Non pas que j'apprécie particulièrement les rabbins, hormis quelques-uns et surtout quelques-unes, quand leur ministère s'accompagne d'intelligence, de culture, de tolérance, de bienveillance et d'humour. J'ai retrouvé ces qualités et bien d'autres encore chez cet homme sage né en 1724 à Hébron, en Palestine.

Le Hida, un surnom qu'il devait à l'acronyme de son nom, fut à la fois un brillant talmudiste, un écrivain prolifique auteur de plus de soixante-dix ouvrages, un homme si cultivé et si moderne d'esprit qu'il aurait pu être notre contemporain. Il fut aussi un grand voyageur. Sa communauté l'envoyait régulièrement en Europe et en Afrique du Nord pour récolter des dons destinés à la soutenir. Lors de ses tournées, il tenait un journal où il consignait toutes ses observations[1].

Ce Hida était donc une sorte de rabbin journaliste qui se passionnait pour les pays qu'il traversait et les mœurs de leurs habitants et qui documentait la vie quotidienne de ses coreligionnaires. Il témoigna ainsi des bouleversements dus à la Haskala, les Lumières juives, qui commençait à bousculer des siècles d'obscurantisme. Il fut l'un des premiers à chroniquer avec précision la communauté des Juifs de Tunisie. Il en a laissé des descriptions hautes en couleur, précieuses pour les historiens, même si certaines de ses remarques étaient plus mitigées qu'enthousiastes.

Il arriva dans le pays en 1773, un peu par hasard. Le but de son voyage était Le Caire, dont il fut le grand rabbin, mais le capitaine du navire qui le transportait ne lui inspirait pas confiance et je crois qu'une forte tempête lui avait donné le mal de mer. Il se fit débarquer à Sousse où il fut reçu avec les honneurs par les rabbins de la ville, avides de discuter avec un tel érudit dont la réputation dépassait les frontières. Le Hida s'entretint volontiers avec eux. Comme ses pairs il aimait discuter, argumenter,

1. Le livre de la bonne tournée.

conseiller, mais les manières grossières de ses hôtes le révulsèrent, en particulier lors des banquets donnés en son honneur.

Cette première impression se renforça à Tunis. Le soir de son arrivée, il fut prié à dîner chez le caïd dont il était l'hôte. En pénétrant dans la salle à manger, il eut un mouvement de recul. Comme à Sousse, le spectacle était propre à couper l'appétit des plus affamés. Assis à même le sol devant les tables basses, leurs pieds nus touchant presque les plats, les convives plongeaient leurs mains directement dans les marmites, en sortaient une mixture d'où dégoulinait une graisse encore fumante, l'avalaient en quelques bouchées et s'essuyaient les doigts sur leurs vêtements.

Je ne suis pas certaine qu'à Jérusalem ou à Hébron les mœurs aient été plus raffinées qu'à Tunis. Mais le Hida venait d'une grande famille. À force de voyager, d'observer, il s'était éduqué. À Livourne où il mourut en 1806, après avoir été le grand rabbin de la communauté, il se targuait d'être un séfarade d'Europe.

Peut-être était-il un peu snob lui aussi ? On lui pardonnera volontiers ce travers. C'est qu'il en avait tant vu et tant appris au cours de ses voyages. Ainsi durant son séjour en France, il avait assisté à la promenade du roi Louis XVI, à Versailles. Sa Majesté l'avait remarqué parmi la foule de courtisans et de curieux et, le prenant pour un Turc, s'était enquise de son identité. Le Hida avait quelques raisons de faire le fier.

Pour le moment, il était écœuré. Il se tourna vers le caïd et s'exclama, peut-être pour se donner une contenance. :

« Je ne peux pas manger sans fourchette ! »

Une fourchette ? Où trouver cet ustensile dont les Touansas ignoraient l'usage et peut-être même l'existence ?

Le caïd réfléchit puis appela un serviteur.

« Va voir chez les Livournais, au souk El Grana. »

La Hara n'était pas si étendue mais le serviteur mit un peu de temps à trouver. Le caïd s'impatientait et son hôte mourait de faim. Il finit par revenir essoufflé, en tenant l'ustensile à bout de bras, comme un trophée arraché sur un champ de bataille.

Le Hida narra l'anecdote dans son journal. Il raconta aussi ce qu'il avait perçu de l'hostilité réciproque entre les Granas et les Touansas. Son témoignage est un des premiers du genre.

À force de cajoleries et de compliments, le caïd contraignit presque son hôte à rester huit mois chez lui. Le Hida brûlait d'envie de lui fausser compagnie mais il n'osait pas se montrer impoli. Pour se distraire, il continuait de noter ce qu'il voyait autour de lui, en particulier ce qui lui semblait étrange.

Un de ses motifs d'étonnement concernait les Tunisiennes. Il ne comprenait pas pourquoi elles ne s'asseyaient jamais à table. Elles restaient debout derrière leurs époux et les servaient avec empressement.

« Ce n'est pas une façon de faire », écrivit-il.

Son indignation était sincère. Ce qui est, pour moi, une raison supplémentaire de l'apprécier. Il était si peu courant à l'époque de se préoccuper du sort des femmes, qui plus est lorsqu'on était un rabbin.

Cher Hida – si je puis me permettre –, je suis désolée de vous apprendre que, malgré l'influence des Livournais et des Français, l'exécrable habitude de servir son époux a perduré des siècles en Tunisie, chez les Juifs comme chez les musulmans.

Ce n'était pas mieux ailleurs, je vous l'accorde. Et dans certaines parties du monde, cela n'a pas beaucoup changé aujourd'hui. Cependant il m'a toujours semblé que chez nous le poids du patriarcat était plus écrasant encore, probablement parce que je l'ai observé de près, avec une exaspération qui tournait vite à l'indignation. C'est ce qui a semé en moi la graine d'un féminisme qui n'a cessé de s'accroître.

Dans ma jeunesse, le mot Homme s'écrivait avec un grand H. On souhaitait LE garçon à une parturiente. Quel malheur, si elle n'en avait pas. Une fille, c'était forcément moins bien. Une femme devait se marier, procréer et servir. Étudier n'avait pas d'importance. Bien sûr, il existait des pères éclairés qui envoyaient leurs filles à l'université. Le pionnier avait été Mardochée Smadja, fondateur du journal *La Justice* qui militait pour l'octroi de la nationalité française aux Juifs. Sa fille, Juliette, diplômée en 1914, fut la première avocate de toute l'Afrique du Nord. Mais jusqu'à la génération de ma mère, il fallait se battre pour étudier, surtout quand elles n'avaient pas la chance de naître dans un milieu favorisé.

« C'est comme ça », répondait Fritna, la mère de Gisèle Halimi, quand celle-ci se rebellait. Et l'avocate tunisienne de constater avec un peu d'amertume et beaucoup de colère que l'injustice commençait avec la première prière du matin : « Béni soit l'Éternel, qui ne m'a point fait femme[1]. »

Je ne suis pas peu fière qu'une Juive tunisienne ait pu s'émanciper au point de devenir une icône pour les femmes. Comme beaucoup de féministes, elle avait transformé sa rage en

1. Gisèle Halimi, *Le Lait de l'oranger*, Gallimard, 1988.

combats. Il faut dire que notre terreau méditerranéen était propice à la révolte. Quand on en était issue, on ne pouvait que vouloir s'en détacher et se battre pour les autres. Les Tunisiennes, les Algériennes et surtout les Françaises lui doivent beaucoup.

Au cours de ma vie, j'ai eu d'autres modèles, dont bien sûr Simone de Beauvoir, avec laquelle Gisèle Halimi s'était liée d'amitié en arrivant en France. Mais l'avocate qui avait l'âge de mon père, et avait été stagiaire dans le même cabinet à Tunis, était la seule à venir du même endroit que moi. À connaître, de l'intérieur, la pesanteur de nos milieux. À être une des premières à rejeter ces façons de penser et d'agir qui nous étouffaient. De cela je lui suis reconnaissante. Comme Simone Veil, elle mérite de reposer au Panthéon.

Dans la famille de ma mère qui se pensait émancipée, l'inégalité entre les sexes n'était pas un sujet. C'était plutôt une convention tacite. Sarah aurait bien aimé que ses filles et ses petites-filles continuent de suivre la voie de l'obéissance, tracée depuis des siècles. Après tout, elle avait bien obéi à ses parents en épousant Albert.

Pourquoi ? Elle aurait été bien en peine de le dire. C'était ainsi et voilà tout. Les hommes étaient-ils donc supérieurs ? Non, pas supérieurs mais il était évident qu'ils commandent. Comme il était évident de se fondre dans la norme.

Ma mère et ma tante ne l'écoutaient que d'une oreille, même si leurs tentatives respectives d'émancipation n'avaient que modérément abouti. La pression était trop forte. Du moins avaient-elles essayé. Son bac en poche, tante Pim était partie étudier à Paris, ignorant les demandes en mariage d'oncle Pap. Quelques mois de solitude avaient eu raison de ses ambitions. Elle était rentrée à Tunis sans le diplôme tant convoité.

Elle avait repris ses études après la naissance de son fils. Elle avait exercé quelques années le métier de podologue avec sérieux et enthousiasme, comme tout ce qu'elle entreprenait. Puis elle était redevenue mère au foyer.

Ma mère avait été confrontée à une vie plus difficile. Divorcée avec deux enfants, elle s'était retrouvée déclassée dans un milieu plus conventionnel qu'ailleurs, où les femmes seules détonnaient. On ne les invitait pas. Chaque jour apportait son lot d'humiliations qu'il lui fallait accepter la tête haute. Cette condition de paria, endossée malgré elle, la mettait en colère, souvent elle s'en plaignait. Elle se moquait parfois de ses amies mariées mais les enviait en secret. Si elles avaient de la chance, leurs époux les

« gâtaient » tout en les trompant souvent. Si elles n'en avaient pas, c'était double peine.

Ma mère avait payé cher une liberté dont elle s'accommodait sans l'avoir vraiment souhaitée. Elle qui voulait nous voir épouser un « mari riche » nous apprit aussi, comme elle le put, à nous méfier de principes rétrogrades qui, disait-elle, avaient gâché sa vie. Ce dont elle rendait Sarah responsable.

Par mes observations et mes lectures, j'étais acquise à la rébellion. Et pour avoir vécu ma jeunesse pendant la grande vague féministe des années soixante-dix, je me suis naturellement rangée aux côtés des militantes pour les droits des femmes et l'égalité entre les sexes. Tout au long de ma vie, je n'ai cessé de l'écrire et j'ai essayé, chaque fois que je l'ai pu, de conformer mes actions et mes idées. Il n'a pas toujours été simple – cela ne l'est toujours pas – d'effacer des siècles de contraintes, ni d'échapper à certains schémas. Je suis certainement moins radicale sur le sujet que ma fille mais nos discussions sont fécondes. Ensemble, nous sommes à des milliers de kilomètres de Sarah.

Quand elle m'enjoignait de servir mon mari, ce qui aurait horrifié le Hida, je lui demandais pourquoi, lui, ne me servirait pas.

« Dieu nous en préserve ! » s'exclamait-elle.

Elle avait une façon bien à elle d'expliquer à ses petites-filles les dangers de la vie, mêlant drôlerie et pruderie. Ainsi nous mettait-elle en garde, ma sœur et moi, contre les aventures avant le mariage, en répétant tel un mantra, « la chair est faible », ce qui nous amusait beaucoup. Sans doute savait-elle de quoi elle parlait. Une autre de ses phrases fétiches était « ce petit coin qu'il faut réserver à son mari ». Son expression était alors si malicieuse que je me suis souvent demandé si elle y croyait tout à fait.

Mon grand plaisir était de la taquiner plutôt que de la heurter de front. Ma sœur se joignait à moi pour lui affirmer que nous ne voulions pas nous marier, ou que nous ferions des bébés toutes seules comme le chantait alors Jean-Jacques Goldman.

Sarah prenait un ton outragé et répétait en arabe « *Maïrani* », « *Laorina* », ou encore « c'est péché ». Avec le recul, je pense qu'elle en rajoutait. D'autant que, malgré ses réflexions rétrogrades, elle a tout accepté de ses petits-enfants, l'union libre, les enfants sans être mariés, les mariages avec des goys, les divorces, le célibat. Contre son gré. Parce qu'elle nous aimait.

Elle n'a pas connu les révolutions de ces dernières années, le mariage pour tous, les mères porteuses, les transgenres ou #MeToo. J'aurais tellement aimé pouvoir la titiller encore pour l'entendre nous répéter « Dieu nous en préserve ! », d'une petite voix exagérée.

À la maison des vivants, le cimetière juif du Borgel, on dénombre six carrés granas et seize carrés touansas. Chacune des parcelles possède son entrée. Un muret les divise encore jusque dans la mort. Du côté grana, hommes et femmes sont mélangés. Chez les Touansas, une cinquantaine de femmes sont enterrées à part, à gauche du portail. Plus j'avance dans cette histoire et plus je découvre de séparations. Entre les Juifs et les musulmans, entre les Juifs et les chrétiens, entre les musulmans et les chrétiens, entre les Livournais et les Tunisiens, entre les hommes et les femmes. Entre les Juifs et leur pays natal.

Le cimetière, situé avenue Kheireddine-Pacha, une route poudreuse qui mène au centre de Tunis, est attenant à celui des chrétiens. Élie Borgel, grand rabbin de Tunisie et arrière-grand-père d'oncle Pap, l'a inauguré à la fin du XIXe siècle et lui a donné son nom. C'est, dit-on, le plus grand cimetière juif du Maghreb et peut-être même du bassin méditerranéen.

Il contient environ vingt mille tombes auxquelles il a fallu ajouter celles des défunts enterrés dans l'ancien cimetière du Passage, en face de l'avenue de Londres. Après l'indépendance du pays, un décret du maire le transforma en jardin public, le parc Habib-Thameur. Pour faire place nette, planter des arbres et du gazon, ménager un espace pour les flâneurs, les amoureux et les enfants, les squelettes ou ce qu'il en restait furent sortis de terre sans ménagement et transportés au Borgel. Tous ne purent y être admis. On repoussa les autres sous le sol qui fut aplani au bulldozer.

Ces scènes de destruction sauvage ont fortement marqué ceux dont la famille était enterrée là, pétrifiés à l'idée que tous ces corps dont ils voyaient apparaître les ossements mêlés à la terre puissent revenir se venger. Depuis ce transfert, les Juifs religieux n'ont pas le droit de traverser le jardin. Pour éviter de piétiner les morts, il leur faut faire un grand détour.

Le Borgel raconte l'histoire des Juifs tunisiens depuis deux siècles. Il est, plus encore qu'un cimetière, le mémorial d'un peuple qui n'est plus. Ici reposent les rabbins, là les figures historiques, là-bas les anonymes et les célébrités, les riches et les pauvres, les soldats et les civils, les sportifs et les artistes, décédés dans leur lit ou de mort violente, d'épidémie ou de malnutrition.

Quelques monuments funéraires se détachent. L'un est consacré aux Israélites disparus pendant la Grande Guerre, un autre aux travailleurs juifs tués sous l'occupation nazie. H'biba Msika, chanteuse adulée dans les années trente, brûlée vive par un amant jaloux à vingt-sept ans, possède aussi son mausolée, richement travaillé, qui témoigne de l'affliction ressentie à sa mort. Ses admirateurs juifs et musulmans furent des milliers à suivre le cortège funéraire en pleurant.

Quelques enterrements ont encore lieu chaque année. Mais le cimetière fait peine à voir. L'argent manque cruellement à la communauté juive qui en reste propriétaire pour assurer son entretien. Quelques dons de familles et d'associations parent au plus urgent. Henda, la jeune gardienne musulmane qui s'est prise d'affection pour le lieu et tient avec rigueur le registre des morts, fait ce qu'elle peut pour le préserver. Les sols sont effondrés, l'herbe folle pousse n'importe où, les stèles sont fendues ou brisées, noircies par le temps et la moisissure au point qu'il est parfois difficile de déchiffrer les noms des défunts et les élégies gravées en hébreu qui racontent de façon poétique leur vie ou la cause de leur décès. Pour avancer dans ce chaos, il faut se frayer un chemin à travers les sépultures, éviter de marcher dessus, ce qui n'est pas toujours aisé.

Mon arrière-grand-père, le père de Sarah, repose plus loin. Sa tombe est adossée à un muret de pierre, un peu en retrait, sale comme les autres, solitaire comme celle de ma mère à Pantin, oubliée comme celle de sa femme, Ninette, au cimetière de Sarcelles.

Papa Simon. Tous dans la famille l'appelaient ainsi. Longtemps j'ai confondu son visage avec celui de Victor Hugo, je mélangeais les deux barbes blanches. Deux photos m'ont détrompée. Sur l'une d'elles où il doit avoir une cinquantaine d'années, son regard noir, intense, presque mélancolique, me bouleverse. Nous sommes nombreux dans la famille à en avoir hérité. L'autre a été prise à l'occasion de leurs noces d'or, à Tunis. Simon trône à côté de Ninette, entouré de leurs six enfants, de leurs conjoints et de leur descendance. J'ai été surprise de m'y retrouver dans les bras de mon père.

On m'a dit qu'il ressemblait à Raimu, massif et râblé comme lui, grande gueule aussi, comme lui. La comparaison le flattait. Ce physique imposant ne correspondait pas à son métier de mercier. Toute la journée il vendait sans beaucoup d'enthousiasme de la dentelle et des rubans à une clientèle féminine qu'il rudoyait. Il préférait retrouver ses amis au café, rigoler avec eux des plaisanteries qui circulaient dans leur petit milieu, en se gavant de menus en-cas dont les Tunisois ont toujours été friands, un sandwich au thon, une brick à l'œuf, ou des glibettes salées achetées à un marchand ambulant. Ses vendeurs ou son associé savaient où le chercher en cas d'urgence. Ce qui survenait rarement, personne n'osait le déranger tant il était coléreux.

Les dernières années de sa vie, Simon souffrait d'un zona et ne prononçait plus un mot, sauf pour appeler sa femme. Il restait couché, les yeux dans le vague. Son fils aîné, mon grand-oncle Albert, se préparait à partir pour Paris avec sa famille. Ses autres enfants ne tarderaient pas. Mais Simon ne voulait pas les suivre. Lui qui parlait sans faute la langue de Voltaire s'était toujours refusé à devenir français. Dans son cœur et dans son esprit, chacun de ses deux pays avait une place particulière. La Tunisie l'avait vu naître, la France l'avait fait grandir. Il préféra mourir chez lui, entouré des siens, le 21 juillet 1961.

Né en 1879, Simon avait deux ans à peine au moment du Protectorat français qui allait changer sa vie comme celle de sa descendance. Tout avait commencé un peu par hasard, par l'affaire Batou Sfez, un cocher juif accusé de blasphème par un collègue musulman. Il fut décapité pour ce crime en 1857. Déterré du cimetière de l'avenue de Londres, il repose au Borgel. Il mérite de faire partie du patrimoine, car son drame a permis aux Juifs tunisiens de s'émanciper.

Sfez avait-il été accusé injustement ? Les rabbins intercédèrent auprès du bey. Son maître, le caïd Nessim Scemama, qui avait le bras long, fit jouer ses relations. La France et l'Angleterre, par l'intermédiaire de leurs consuls respectifs, tentèrent d'empêcher son exécution. Cette agitation fut vaine. Mohamed Bey avait de sérieux ennuis politiques. Peut-être avait-il escompté que le sacrifice de ce Juif de rien du tout calmerait la colère de son peuple, épuisé par les épidémies, appauvri par les impôts qui ne cessaient d'augmenter pour colmater la dette d'un État au bord de la faillite. Mauvais calcul.

La mort du cocher ne régla rien, au contraire. Pire, elle fut suivie de nouveaux épisodes de violence envers la communauté juive. Comme toujours, comme partout, les Juifs servaient d'exutoire. Indignés par cette injustice qui faisait déborder une coupe déjà pleine, ils se soulevèrent. De mémoire de Tunisien, on n'avait jamais vu cela. Une délégation qui comptait aussi des chrétiens fut reçue à la cour de Napoléon III et implora l'empereur. La dhimmitude était de plus en plus difficile à supporter, il était temps de s'en dégager.

Pourquoi les Juifs tunisiens se tournaient-ils vers la France ? C'est que, depuis la Révolution, à l'instar de leurs coreligionnaires européens, leurs élites avaient les yeux braqués sur la patrie des droits de l'homme et du citoyen.

L'abbé Grégoire et le comte Stanislas de Clermont-Tonnerre, qui avaient contribué à l'émancipation des Juifs de France, étaient leurs héros. Tout comme Napoléon, qui en 1807 avait créé une assemblée juive, le Grand Sanhédrin. Dans tous les pays dont elles entreprenaient la conquête, ses armées avaient émancipé les Juifs qui y résidaient. Depuis qu'il s'était emparé de la Toscane, les Juifs toscans, même en Tunisie, se considéraient comme des sujets français.

Comme prévu, la France prit l'affaire très au sérieux, sans doute motivée par d'autres buts que la simple compassion humanitaire. Après avoir soumis l'Algérie en 1830, elle visait la Tunisie que les Italiens convoitaient aussi, et elle entendait bien les gagner de vitesse. Mais quelles qu'en fussent les raisons, elle agit. Une escadre fut dépêchée en rade de Tunis et pointa ses canons sur la ville.

Mohamed Bey n'avait plus le choix. En septembre 1857, il promulgua le Pacte fondamental, qui rendait tous les Tunisiens égaux devant la loi. Les Juifs accueillirent avec soulagement cette liberté nouvelle qui les effrayait aussi. Ils avaient pris l'habitude de la dhimma et se sentaient soudain fragiles. Ils furent nombreux à solliciter la protection des consuls européens pour ne plus dépendre de la juridiction tunisienne.

Il fallut aux Français beaucoup de tractations diplomatiques entre grandes puissances pour parvenir à s'emparer du pays. Mais ils étaient patients. Le 24 avril 1881, un corps expéditionnaire passa la frontière entre l'Algérie et la Tunisie au prétexte de poursuivre des montagnards. Trois semaines plus tard, l'armée française se retrouva comme par hasard à côté du palais beylical.

Jules Ferry, commandant des troupes, contraignit Sadok Bey, le successeur de Mohamed Bey, à signer le traité du Bardo dans lequel il confiait à la France la défense du territoire, les affaires étrangères et la réforme de l'administration. Le souverain était acculé. La Tunisie s'était lourdement endettée auprès des puissances européennes, de plus en plus présentes dans les affaires du pays.

Si les musulmans exécrèrent cette ingérence par la force, et on les comprend, les Juifs eux, exultaient. Et on les comprend aussi. Le discours ouvert, généreux, universaliste de la France, transportait Touansas et Granas, même s'ils allaient un jour déchanter.

Trente ans plus tard, dans le salon de son appartement de l'avenue de Londres, Simon avait accroché deux portraits. Celui du Moïse de Michel-Ange. Et celui de Victor Hugo qui, avec Voltaire, était son écrivain préféré.

Voltaire parlait des Juifs comme du plus abominable peuple de la terre. Mais il était aussi l'un de ceux qui avaient soufflé ses idées à la Révolution française, l'homme de l'affaire Calas, dont Sarah me rebattait les oreilles. Certains des livres d'Hugo contenaient des poncifs antisémites, courants à l'époque, cependant il avait aussi été l'ardent défenseur des Juifs de Russie, victimes de pogroms au début des années 1880.

Simon savait-il tout cela ? C'était peut-être pour lui une question secondaire. Rien n'aurait pu le faire douter de ses icônes. Un grand auteur français, porteur du génie de son peuple, ne pouvait pas être mauvais. Quand, à force d'économies, il put acheter rue Es-Sadikia, une des artères les plus commerçantes de Tunis, une petite échoppe qu'il comptait transformer en mercerie, il trouva à l'intérieur, abandonnées par le précédent propriétaire, les œuvres complètes de Victor Hugo. Vingt-quatre volumes illustrés et reliés de cuir vert foncé dorés à l'or fin. Une aubaine ou un signe du ciel. Il les rapporta chez lui comme un trésor, et les rangea dans sa bibliothèque.

Le jour où son fils Albert devint avocat, c'était le seul de ses trois garçons à avoir poursuivi des études, il les lui offrit avec autant de fierté que de solennité. Je ne sais pas comment les volumes échouèrent chez Sarah, qui les conserva longtemps sans que quiconque les lui réclame alors qu'ils revenaient de plein droit à mes cousins. Elle finit par me les donner. Elle devait penser que j'en étais digne, puisque moi aussi, comme Simon qu'elle vénérait, j'étais une « savante ».

Simon était surtout un autodidacte. Toute sa vie, il n'avait cessé d'apprendre car il regrettait de ne pas avoir pu étudier. Comme il lisait tout ce qui lui passait sous la main, en particulier le *Grand Larousse* en sept tomes, il était devenu très pointilleux sur le bon usage de la grammaire et de l'orthographe. Il reprenait ses enfants et ses petits-enfants, pourtant plus instruits, quand ils n'employaient pas, selon lui, le mot adéquat. Aucun n'osait le contredire.

Ses parents étaient morts quand il avait une dizaine d'années. Pour nourrir ses frères et sœurs, il avait quitté l'école et dégoté, pour un salaire de misère, un boulot de coursier dans le grand magasin Orosdi-Back, situé à l'angle de la rue Es-Sadikia, où il acheta plus tard son commerce. À force de travail, il put quitter la Hara pour s'installer dans la ville européenne. Ses trois filles et ses trois fils allaient y grandir. Sarah, née en 1908, était l'aînée.

En quittant le Borgel, je me suis rendue avenue de Londres. Je pensais trouver une grande artère, ce n'est qu'une petite rue, bordée de commerces et d'étals à même le trottoir. Le numéro 73, où mes arrière-grands-parents habitaient, est situé en face de l'ancien cimetière. L'immeuble de deux étages est mal entretenu comme tous ceux du quartier. Les volets dont la peinture bleue se délave sont fermés. Les murs extérieurs sont écaillés.

J'ai tenté d'imaginer leur existence, à travers ce qu'on m'en a raconté. Papa Simon était un homme d'habitudes. Deux fois par jour, à heures fixes, il fermait son magasin et rentrait chez lui à pied. Il déposait sa canne et son chapeau dans l'entrée, ôtait son veston et son pantalon de ville, revêtait une djellaba blanche, s'allongeait sur une banquette, se versait quelques verres de boukha, grignotait des pistaches, de la boutargue, des amandes et des olives, disposées sur un plateau.

Sa femme lui servait ses repas avec dévotion, elle surveillait chaque bouchée, s'inquiétait de savoir s'il trouvait la nourriture à son goût. Le bouillon était-il bien assaisonné ? Les boulettes suffisamment moelleuses ? Y avait-il assez de navets, de carottes ? Simon dévorait à toute allure, s'interrompait la bouche pleine pour demander qu'on aille lui chercher du pain, du sel, de l'eau, tendait l'assiette en silence pour qu'on le serve à nouveau.

Nina ou Ninette ou encore Mama Nina ou Maninette, c'était selon qui s'adressait à elle, était la fille d'un rabbin érudit, respecté au-delà de sa communauté. Je ne me souviens que de son regard que je trouvais triste. Elle excellait aux fourneaux, élevait les enfants, dirigeait les domestiques, se distrayait en jouant au rami avec ses amies et s'arrangeait pour carotter, par la ruse, quelques sous de la cagnotte dévolue au ménage. Elle n'aurait jamais osé ni même pensé à se rebeller et pourtant elle le faisait à sa manière. Pour se venger de son époux despotique, elle multipliait les tracasseries, en inventait sans cesse de nouvelles. Un jour qu'elle avait besoin d'argent pour sa partie de cartes, elle vendit son chapeau neuf au fripier ambulant qui poussait sa charrette dans la rue en criant « *Robavecchia* » pour attirer la clientèle.

Simon qui s'habillait à l'européenne avec costume trois-pièces et montre à gousset glissée dans la poche de son gilet, ne sortait jamais tête nue. Après le déjeuner, il chercha son chapeau puis se résolut à s'en passer, il était en retard, ses amis l'attendaient au café. En chemin, il croisa le fripier.

Simon le fixa distraitement puis il s'arrêta net. Le *robavecchia* portait un chapeau neuf qui ressemblait étrangement au sien. Bien sûr que c'était le sien ! Ses initiales étaient cousues dans la doublure. Pour le récupérer, il dut payer le double de ce que sa femme en avait obtenu. Elle l'avait vendu « par inadvertance », plaida-t-elle quand il rentra chez lui très en colère. Que répondre à cela ? Nina mentait à son mari, comme la plupart de ses amies mentaient au leur. Elles s'émancipaient à leur manière.

Je terminais de relire ces derniers paragraphes lorsque mon téléphone a émis un bip. Machinalement, j'ai baissé la tête et vu apparaître ces mots sur mon écran : Simon et Ninette.

J'ai d'abord cru avoir mal lu. Que, obsédée par ce livre, je voyais les miens partout. Mais c'était seulement une coïncidence, une de celles que j'affectionne car elles me confortent, à tort ou à raison, dans l'idée que les miens m'envoient des signes. Et qu'ils sont heureux que je parle d'eux. Un de mes cousins venait de créer un groupe WhatsApp à leurs noms, et invitait leurs petits-enfants et arrière-petits-enfants à l'intégrer. Il avait eu l'idée de nous contacter après avoir rendu visite à Ninette, enterrée à Sarcelles, où personne n'allait la voir.

Il avait fait nettoyer sa tombe. Quelques mois auparavant, au Borgel, j'avais fait de même avec celle de Simon. Encore une coïncidence. Nous avons envoyé les photos au groupe presque simultanément.

Magie de la technologie. Si longtemps après, ces deux-là se trouvaient enfin réunis.

La peur, la superstition et la honte. Ces trois tabous dirigeaient la vie des Juifs en Tunisie, constatait l'écrivain André Nahum[1].

Je ne sais si ces trois maux sont à prendre dans l'ordre ou dans le désordre. Mais nous les connaissions tous très bien.

La peur. On avait peur de tout. De la noyade, de l'insolation, de l'indigestion, des moustiques, de la maladie. Un rhume pouvait devenir une pneumonie, une pneumonie, un cancer des poumons, un cancer des poumons pouvait mener au cimetière. Tout incident, même le plus infime, avait des chances de tourner mal. Chaque minute de notre existence comportait un danger mortel. Ces générations d'anxieux font partie de moi, leur angoisse coule dans mon sang, leur frayeur dans mes veines, leur inquiétude incruste chaque molécule de mon cerveau.

1. André Nahum, *Le Roi des Briks*, L'Harmattan, 1992.

Ils tournent en boucle dans ma tête. C'est la mère campée par Michel Boujenah dans *Albert* qui, apprenant que son fils est invité par un copain français à la campagne, crie, épouvantée : « En week-eeeend ? Tout seul ? La nuit ? » C'est Sarah, qui nous obligeait à attendre quatre heures après le déjeuner avant de nous baigner, alors que, mourant de chaud à l'ombre du parasol, nous comptions les minutes qui nous séparaient de la fraîcheur de l'eau. C'est mon père, intraitable sur le port de la cagoule de laine du début de l'automne à la fin du printemps. Et c'est moi, hurlant à mon fils, en tee-shirt par un mois d'avril ensoleillé mais encore frisquet : « Tout nu ? Dans la rue ? »

Des historiettes sur la peur, je peux en raconter des milliers. Elles nous font rire. Mais seulement lorsque le danger s'est éloigné.

Chez nous, la peur est synonyme de l'amour. Combien de fois ai-je entendu ces mots : attention, tu vas tomber, tu vas te faire mal, tu vas te perdre, tu vas te noyer, tu vas avoir mal au ventre, tu vas vomir ? Sarah ou ma mère pouvaient les ponctuer d'un « Je vais te tuer » si on n'obéissait pas tout de suite.

« Je suis contente quand vous êtes tous rentrés de vacances, tous dans vos lits et que vous ne bougez plus, disait ma mère.

– Ne plus bouger c'est être mort, rétorquais-je. C'est ce que tu veux ? »

Cette éducation du traumatisme a atteint son but avec moi. Tout m'effraie et ça ne s'arrange pas. Je ne conduis ni voiture, ni scooter, ni vélo, ni trottinette. Je ne skie pas, j'ai le vertige en montagne, je déteste la vitesse, le sport, les randonnées, l'effort physique. Je suis gauche, maladroite, empêtrée dans mon corps oriental, mou comme celui d'une odalisque, comme s'il ne m'appartenait pas, comme si nous étions deux inconnus, lui et moi, condamnés à vivre ensemble parce que les hasards de la naissance nous ont réunis. Autant de tares incompréhensibles qui m'ont souvent valu des moqueries de mon entourage, fût-il le mieux attentionné.

Il y a certes un gène de l'angoisse chez les Juifs probablement lié à des millénaires de persécutions et d'outrages. Il me semble cependant qu'il est très exacerbé chez les Juifs orientaux en général et chez les Tunisiens en particulier. C'est comme si ce gène très spécial s'était senti si bien dans notre terreau propice aux exagérations qu'il s'était étalé, développé, accentué et s'était divisé en sous-sections, qui vont de la *rassra* classique à la terreur maternelle, celle qui paralyse de culpabilité ses victimes ou au contraire les fait fuir à l'autre bout de la planète. Pourtant, même aux antipodes, la tranquillité d'esprit n'est jamais assurée. J'ai reproduit, bien sûr. Comment y échapper ?

J'aimerais tant pourtant être une mère normale. Sans une once d'angoisse ni de panique en moi. Sans logiciel greffé dans la peau qui recense toutes les catastrophes imaginables. Une mère qui dort paisiblement quand ses enfants rentrent à l'aube, prennent l'avion, le train, la voiture, partent en vacances, vont skier, traversent la rue, mangent une cacahuète. Oui, même à l'âge adulte.

Combien de fois ai-je exaspéré les miens avec mes inquiétudes, tout en ajoutant, pour faire bonne mesure, le fameux « ne t'inquiète pas », qui signifie « je m'inquiète ». Ces mots, semeurs de névroses, résonnent en nous depuis si longtemps.

Aujourd'hui je ne sais pas si je dois sourire ou me réjouir quand j'entends ma fille, qui détestait tant ces injonctions redoutables, répéter tendrement cette phrase à son bébé pour le rassurer.

La superstition faisait aussi partie de nos vies. Les coutumes et croyances que nous partagions avec les musulmans venaient de toutes les civilisations qui s'étaient succédé dans le pays. Tout pouvait porter malheur.

La peur de l'œil dominait les autres. Tante Pim était passée maîtresse en ce domaine. Elle restait évasive sur ses projets, minimisait ce qui lui arrivait de bien ou affirmait l'inverse, divisait les bonnes nouvelles en quatre ou plutôt en cinq, un chiffre magique censé nous protéger de tout.

Cinq. *Khamsa,* comme les cinq doigts de la main de Fatma, symbole à la fois berbère et punique, devait quintupler la protection. Cinq poissons, un porte-bonheur commun aux trois religions, c'était encore mieux.

Pour éliminer les envieux ou pour nous porter chance, on faisait brûler du *pror*, un encens particulier dans un petit canoun d'argile en prononçant des paroles appropriées. Il fallait ensuite sauter au-dessus. Une de mes amies y est très habile. Quelques fois, avant un moment important de ma vie, j'ai fait appel à sa science.

On touchait du bois pour conjurer le sort, ignorant qu'il s'agissait d'une croyance chrétienne, une de celles qui ont survécu en Tunisie depuis des temps immémoriaux, le bois de la croix du Christ.

Il y avait aussi la *rebïbia,* une danse réservée aux femmes qui emmenait les participantes jusqu'à la transe, pour éloigner d'elles les *djnouns*, les démons, une pratique ancestrale héritée de l'Afrique noire. Plus deux ou trois coutumes inavouables dont j'avais entendu parler, enfant, en laissant traîner mes oreilles. Ainsi, pour faire revenir un homme infidèle, faire tremper le sucre de son café dans le sang des règles de l'abandonnée. Les femmes qui chuchotaient ces recettes, et d'autres pires encore, les tenaient des *degazzas*, les bédouines diseuses de bonne aventure, qu'elles consultaient en secret.

Mon père, dont le premier prénom est Youssef, avait été conçu huit ans après le mariage de ses parents grâce au pèlerinage de sa mère sur la tombe de Rebbi Youssef El Maarabi, qui se trouve à El Hamma, une petite ville proche de Gabès, connue pour ses sources d'eau chaude. Reine s'était retrouvée enceinte quelques semaines après sa visite au saint homme, qui avait, entre autres réputations, celle de guérir les femmes stériles.

Nous en plaisantions souvent avec lui, en soupçonnant plutôt la rencontre de Reine avec un bel inconnu qui aurait été le véritable géniteur. Son frère et sa sœur étaient nés à sa suite, sans le coup de pouce du saint homme. Ce qui nous faisait redoubler de moqueries.

Quant à la honte, elle m'est encore familière. On s'exclamait à tout propos : « Tu n'as pas honte ? », « Quelle honte ! C'est honteux ! » ou encore « J'ai très honte ».

Les femmes, surtout, avaient honte de tout. D'un gâteau raté, d'une œillade insistante, d'un mot déplacé, d'une tenue incorrecte, d'un intérieur mal rangé, d'un supérieur hiérarchique. On avait honte du regard de l'autre sur votre misérable personne.

Cette honte qui s'apparentait parfois à de la timidité était communicative, collante, inutile. Elle gâchait le plaisir. Elle nous a poursuivis jusqu'en France. La honte d'avoir un accent, de ne pas connaître les codes bourgeois ni les bonnes manières, de parler et de rire trop fort, de manger trop vite, trop goulûment, trop épicé, de revenir trop bronzé de vacances, de porter des patronymes orientaux impossibles à prononcer, de n'avoir pas de maison de famille. La honte d'être des Juifs immigrés, même si nous nous sentions français. Surtout parce que nous nous sentions français. Mais pas tout à fait comme les vrais que nous appelions, que nous appelons encore, pour les différencier de nous : les Français.

Mon arrière-grand-père Mardochée, le grand-père de mon père, est devenu français au début de l'année 1922 en vertu d'une loi algérienne de 1919, complétant le décret Crémieux qui, en 1870, avait naturalisé d'un coup tous les Juifs algériens. Il était né en 1854 à Guelma, en Algérie, de parents tunisiens, Benjamin et Guemarra. Je sais qu'ils sont tous les deux décédés à Bône, mais j'ignore pourquoi ils se sont retrouvés en Algérie. Mardochée doit ce petit tour de passe-passe de l'état civil à son lieu de naissance. Grâce à ce même tribunal de Guelma, son fils, mon grand-père Victor, devint un bon Français lui aussi.

Ils auraient pu attendre la loi Morinaud, spécifique aux Tunisiens, qui serait votée quelques mois plus tard, à l'Assemblée nationale à Paris, en décembre 1923. Cette loi est très peu connue des Juifs tunisiens. Ils préfèrent penser qu'ils doivent leur francité à Adolphe Crémieux, homme politique juif et français, qui fut l'un des fondateurs en 1860 de l'Alliance israélite universelle. Sans doute le père et le fils étaient-ils trop impatients d'échapper à la juridiction tunisienne. Mardochée s'était déjà placé, quelques années auparavant, sous la protection du consul de France. Avant la loi Morinaud, bon nombre de Juifs tunisiens partageaient leur impatience. L'avocat Mardochée Smadja avait même fondé en 1909 un organe de presse, *La Justice*, qui regroupait des militants et des lobbyistes en faveur de leur naturalisation.

Les oppositions ne manquaient pas. À commencer par les politiciens français qui considéraient que le décret Crémieux avait été une erreur politique. Dès sa promulgation, il avait provoqué la colère des Algériens et celle de leur souverain, le dey Hussein. Les Français craignaient que des troubles similaires ne se reproduisent en Tunisie. Ce qui aurait pu être possible car les musulmans nationalistes, hostiles depuis ses débuts à la colonisation, l'étaient aussi à la naturalisation. Pour des raisons différentes, les communistes, les sionistes qui regardaient vers la Palestine, le rabbinat qui craignait de perdre de son influence les rejoignaient dans ce combat.

Cela se fit quand même, en plusieurs étapes. En 1899 un décret présidentiel permit aux

Tunisiens anciens militaires ou fonctionnaires, ou à ceux qui avaient rendu des services exceptionnels au pays, de se faire naturaliser. Or il était impossible aux Juifs de remplir ne serait-ce qu'une seule de ces trois conditions. Ils ne pouvaient se prévaloir d'aucun service exceptionnel rendu à la France, n'étaient pas admis à s'engager dans l'armée (ce qui leur posa des problèmes au cours des deux guerres) et ils étaient exclus de l'administration française. C'est du reste pour cette dernière raison que tant de bacheliers allaient s'orienter vers des études menant à des professions libérales, en particulier le droit et la médecine. Le fameux mantra des parents juifs, « tu seras avocat-médecin-dentiste mon fils » (et, beaucoup plus tard, « ma fille ») tire sans doute son origine de là.

Un nouveau décret parut en 1910. La naturalisation devenait possible tout en demeurant très compliquée à obtenir. Après la Première Guerre mondiale, les choses se simplifièrent. Les Français avaient une bonne raison de céder. Leur nombre était trois fois moindre que celui des Italiens, et ils voulaient inverser ce ratio. La vieille rivalité entre les deux pays restait d'actualité. En décembre 1923, le gouvernement de Raymond Poincaré fit voter la loi Morinaud. Les conditions d'attribution étaient un peu plus faciles. Sept mille Juifs demandèrent la nationalité française, entre 1924 et 1939. Parmi eux, Moïse, le père de ma grand-mère Reine, en 1925. Et mon grand-père Albert, en 1928. À l'indépendance, ils étaient vingt-cinq mille à être devenus français. Après quelques millénaires de tunisianité, ils avaient choisi pour nouvelle patrie un pays où ils ne vivaient pas et où ils ne pensaient sans doute pas vivre. Certains d'entre eux, n'y vivraient même jamais.

Vingt-cinq mille, c'était un bon quart de la communauté. Le chiffre ne me semble pas si important au regard de l'amour que les Juifs tunisiens vouaient à la France. C'était sans doute parce qu'ils n'étaient pas homogènes et que leurs intérêts n'allaient pas dans le même sens. Un Juif de la Hara et un Juif bourgeois, un Juif italien et un Juif djerbien, un Juif sioniste et un Juif nationaliste, un Juif communiste et un Juif religieux n'avaient pas grand-chose en commun.

La France pénétrait cependant dans le pays par d'autres moyens que la nationalité, en particulier par l'éducation. L'Alliance israélite universelle, qui voulait répandre la civilisation française dans le monde et créait partout des écoles en Orient, avait inauguré à Tunis un premier établissement scolaire en 1878, en plein cœur de la Hara. Quatre autres écoles allaient suivre, dont une pour les filles. Les parents juifs prirent l'habitude d'y envoyer leurs enfants. Pour obtenir l'aval des rabbins, l'hébreu et la religion seraient aussi enseignés. Mais ce serait déjà un petit bout de France.

Peu à peu, le français devint la langue maternelle dans ceux des foyers juifs qui s'identifiaient aux valeurs républicaines et se vantaient désormais de ne pas comprendre l'arabe. Les plus évolués, les plus aisés aussi ne le parlaient plus qu'avec les domestiques.

La religion prit moins de place. Plus on était instruit et plus on se déjudaïsait. La communion remplaça la bar-mitsva, le baptême, la brit milah. Jusqu'aux prénoms qui se francisaient. Schmouel devenait Samuel, Simha devenait Simon, Myriam devenait Marie.

« Il est né Choua, il est mort Charles », disait drôlement Albert de son frère cadet. Lui, il avait depuis longtemps laissé tomber Abraham.

La colonisation n'avait pas que du bon, on le sait. La France avait imposé ses lois sans réciprocité, exploité à son profit les ressources du pays, même si elle allait aussi le moderniser, mis en place une société à double vitesse, inégalitaire sur tous les plans qui semait la zizanie entre les musulmans et les Juifs, les riches et les pauvres, les beaux quartiers et la Hara, les urbains et les paysans, les villes de la côte et le centre du pays. Diviser pour mieux régner, depuis Machiavel, on n'avait pas inventé mieux.

Dans la colonne des plus, les Juifs étaient certes bénéficiaires, mais la colonne des moins était tout aussi remplie. Leur situation était complexe, tantôt oppresseurs et tantôt opprimés. Bien souvent, c'était une partie à trois qui se jouait. Une partie truquée car la France avait toujours le dernier mot.

Les musulmans leur reprochaient leur trahison, l'abandon de leur histoire commune au profit du colonisateur. À chaque crise, les Juifs étaient pris à partie par la populace. Les autorités françaises ne bougeaient pas. Au contraire, elles faisaient en sorte d'attiser les conflits.

Une minorité de colons était ouvertement antisémite. Entre les deux guerres, le slogan « La République sans les Juifs » fut le cri de ralliement de l'extrême droite dans certains milieux français, ceux qu'on appelait les Prépondérants. Les autres l'étaient aussi, de façon plus insidieuse et sans doute plus inconsciente. Un ton hautain, des remarques condescendantes, un petit sourire de mépris. Bien sûr, il y avait les « bons » Juifs. Mais ce paternalisme était tout aussi humiliant.

Cependant, même si les Français ne les aimaient pas beaucoup, les Juifs, eux, aimaient la France avec une ferveur qui ne se démentirait pas. Et dont je me réclame toujours.

En novembre 2012, quand j'ai dû renouveler mon passeport, l'administration française me réclama des preuves de ma nationalité. J'avais perdu ma carte d'identité, il m'était impossible de plaider ma bonne foi. Je n'étais pas la seule dans ce cas. Depuis une loi de janvier 2009, une naissance à l'étranger fait de vous un suspect même si votre généalogie remonte à Hugues Capet. Tous ceux qui étaient tombés sous le coup de cette loi avaient été obligés de prouver leur appartenance à la France.

Le coup était rude. J'ai d'abord été très en colère, avant d'éprouver un véritable chagrin de ce que je considérais comme une trahison ! Comment était-ce possible ? Née française, de parents et de grands-parents français, je n'avais pas d'autre langue maternelle, pas d'autre culture. Dans mon métier de journaliste, j'avais défendu les droits des Françaises dans mes éditoriaux publiés dans *Elle*, suivis par des milliers de lectrices, j'avais écrit une douzaine de livres en français. J'étais une républicaine, laïque et universaliste, nourrie aux principes de liberté, d'égalité et de fraternité. J'étais fière que mes deux enfants soient français. Comment pouvait-on douter de mon identité et de ma loyauté ? Il me semblait être à nouveau dans cette cour de récré de mon enfance.

J'ai mis un point d'honneur à ne pas utiliser le certificat de nationalité que mon père était prêt à m'envoyer. J'ai refusé d'amasser les attestations prouvant que je résidais et travaillais en France depuis au moins dix ans. Je boudais. J'ai fini par obtenir mon passeport en utilisant ma plume. D'autres l'avaient fait avant moi, Anne Sinclair, Michka Assayas, Tatiana de Rosnay. Je n'ai pas écrit de livre mais un dernier éditorial dans *Elle*, adressé à Manuel Valls, alors ministre de l'Intérieur, en interpellant l'Espagnol naturalisé qu'il était avant de devenir français, et ministre de la République...

Un an plus tard, j'ai reçu une lettre de la présidence de la République qui me proposait de me nommer chevalier de la Légion d'honneur. Je n'avais pas demandé cette décoration, je ne pensais pas la mériter et je ne la porte jamais. Pourquoi l'avoir acceptée ? Sans doute comme une reconnaissance de la part de ce pays, qui m'avait certes refusé un jour un passeport, mais que j'aimais de tout mon cœur. Aussi, je crois, parce que ma famille serait fière de moi.

J'ai souvent repensé à ces deux symboles, le passeport et la médaille. Pourquoi avais-je été si blessée par le refus de l'un, si flattée par l'obtention de l'autre, même si je feignais le contraire ? Et, en allant plus loin, pourquoi m'accrocher ainsi à cette nationalité française ? N'étais-je donc que cela ? Ne suis-je pas plutôt façonnée comme une mosaïque, porteuse de milliers d'éclats polis au fil du temps ? Ce ne sont pas mes origines ni mes gènes qui m'ont construite, pas plus que ma nationalité ne me définit, mais tous ces jalons posés sur ma route, famille, études, apprentissages, métiers, amis, rencontres, échecs et réussites. L'identité est un chemin.

En arrivant à Paris, juste après la guerre, Albert Memmi qui ne savait plus très bien qui il était, Juif, Français ou Tunisien, fit part de son trouble à l'écrivain Edmond Fleg auquel il rendait visite.

« Eh bien, gardez tout, soyez tout cela à la fois ! », lui répondit le vieil homme.

Moi aussi je veux tout garder et en ajouter encore.

De même que je suis à la fois une femme, une mère, une grand-mère, une fille, une sœur, une amante, une compagne, une amie, je revendique mes provenances et mes constructions plurielles, être à la fois juive et laïque, tunisienne et française me sentir grecque en Grèce, italienne en Italie, et tout autant méditerranéene, mélanger en moi l'Orient et l'Occident. Une séfarade d'Europe selon la formule du Hida. Rien de figé ni d'assigné. De la fluidité avant tout. Des racines, certes, mais pour mieux m'en détacher.

L'ancienne mercerie d'Albert était située à l'angle de la rue Amilcar et de la rue des Belges, aujourd'hui rue d'Allemagne. Une adresse que je connais encore par cœur, que je reconnaîtrais entre mille à l'odeur de la brûlerie de café qui se trouvait quelques mètres plus loin.

Le magasin est devenu une boutique de fringues dont la devanture est peinte en rouge criard. Un Z en métal est gravé sur le mur. Z comme Zayet le nouveau propriétaire. Z comme Zeitoun, aussi. Comme si Albert était encore propriétaire des lieux.

En 1927, il avait abandonné La Mercerie princière, l'échoppe familiale du marché central, où, avec son père et ses frères, il s'était installé après avoir quitté le souk El Grana. Ce n'était plus assez bien pour lui. Il venait de se marier et Sarah, sa jeune épouse, attendait leur premier enfant. Il acheta un entrepôt vide, tout près de la rue Es-Sadikia où Simon avait sa propre mercerie, Parisette.

Il appela la sienne Les Dames de France. Il avait emprunté le nom aux grands magasins du même nom, implantés dans le sud de la France. Peut-être espérait-il un procès retentissant de la part des propriétaires, ce qui lui aurait permis de se faire connaître ? Le magasin prospéra sans avoir besoin de cette mauvaise presse. En homme de son temps, Albert acheta des espaces publicitaires dans les magazines. Dans *L'Écho de Tunis*, daté de 1932, j'ai retrouvé avec émotion cette réclame : « Les Dames de France, sa mercerie, ses bas, ses gants, sans oublier ses spécialités de laine, de soutiens-gorge et de corsets aux meilleurs prix. »

La mercerie a enchanté mon enfance. Haute de plafond et cependant sombre, du moins est-ce ainsi que je me la représente, elle sentait la sciure, la poussière, la craie tailleur. Assise à même le sol, dans un cagibi de l'arrière-boutique, véritable caverne d'Ali Baba, je jouais à la marchande au milieu des stocks et des invendus.

Dans le magasin, une dizaine d'employés vendaient des pelotes de mohair, d'angora ou de laine sèche rangées par couleurs dans des casiers de bois, des écheveaux de coton classés selon leurs nuances dans de grandes boîtes de carton, des boutons de toutes les formes et de toutes les tailles cousus sur des cartes grises, des rubans et des galons enroulés autour de bobines géantes, des canevas, de la toile à broder, des aiguilles, du fil, des patrons, des revues de tricot et d'autres trésors qui me fascinaient lorsque je lui rendais visite.

À droite de l'entrée se trouvait la caisse derrière laquelle Albert additionnait de tête sans commettre d'erreurs. Il prétendait qu'il comptait plus vite que l'énorme calculatrice qu'il avait commandée à grands frais en France et qu'il n'utilisait pas. La clientèle venait de tout le pays pour se fournir chez lui. Il régnait sur ses vendeurs jamais avares d'un bon mot mais féroce à l'idée qu'une vente puisse leur échapper.

« Madame Brami veut du galon couleur mimosa !

– Mais monsieur Albert, il n'y a pas…

– Va dans la réserve. J'en ai fait rentrer trois cartons hier…

– Mais monsieur Albert, c'est du bleu… »

Bientôt, madame Brami repartait ravie, avec dix mètres de galon pervenche mal assorti à sa robe jaune, parce que, prétendait Albert d'un ton qui n'appelait aucune réplique : « C'est la dernière mode à Paris ! »

Sarah avait seize ans quand il l'avait croisée pour la première fois dans la rue où elle déambulait avec des amies de son âge. Était-ce avenue de Londres ? Où à côté de l'Institut italien dont elle suivait les cours ? Il en tomba amoureux sur-le-champ. Leurs douze ans d'écart ne gênaient personne. Comme c'était l'usage, une courtière joua l'entremetteuse entre les deux familles.

Timide, naïve, très fleur bleue, Sarah était pourtant secrètement éprise d'un ami de son frère aîné. Elle n'osa pas le révéler, du reste personne ne l'aurait écoutée. Mais à quatre-vingts ans passés, elle rougissait encore en prononçant son prénom.

Je possède un portrait en noir et blanc du couple, prise à l'occasion de leurs fiançailles, en avril 1926. Quelqu'un, Sarah sans doute, a écrit la date au dos du portrait, d'une belle écriture ample et ferme. La photo rend hommage à la beauté de ma grand-mère. Un visage de madone, de grands yeux étonnés, une peau translucide qui ignorait le soleil, des cheveux courts coupés au carré et crantés sur le front. Un corsage soyeux, sous une veste d'une nuance à peine plus foncée, dégage son cou gracieux.

Albert porte un costume à carreaux, un gilet assorti, une cravate chamarrée est nouée sur sa chemise blanche finement rayée. À ses côtés, il fait déjà presque vieux avec sa moustache brune et sa calvitie prononcée. Mais son regard est doux, empreint de malice.

Ils se marièrent vite. Oncle Pat naquit l'année suivante quand Albert ouvrit son magasin. Dans le quartier européen, ses amis aussi ambitieux que lui faisaient construire des immeubles dans le style Art déco ou louaient des appartements avec tout le confort moderne. Cette bourgeoisie qui émergeait et copiait la France était avide de nouveautés et de culture. Tout en vivant simplement, elle apprenait à consommer des biens et des loisirs, le Frigidaire, bien utile pendant la saison chaude, la radio qui captait des programmes italiens, le téléphone en bakélite noire dans lequel il fallait hurler pour se faire entendre. Ils jouaient au bridge, au tennis, allaient au théâtre, au cinéma, à l'opéra. Ils dansaient à l'hôtel Majestic le soir de Noël. Tout était prétexte à réjouissances. Et le jeune couple suivait le mouvement. Après leur mariage, ils vécurent d'abord avenue de Londres, chez les parents de Sarah. Mais Albert voulait déménager pour habiter le Belvédère. Sarah en rêvait.

Épouse à dix-sept ans, mère à dix-neuf, elle n'avait jamais osé se rebeller. Quand ma mère naquit en 1930, elle avait vingt-deux ans. C'était trop. Son corps refusa d'avancer, son cerveau se mit en pause. Elle perdit la parole, ne voulut plus quitter son lit, abandonna ses enfants aux mains des domestiques, son petit garçon de trois ans, oncle Pat, et une nouveau-née, ma mère, qu'elle ne pouvait pas nourrir et qui pleurait sans cesse.

Sarah se contentait de rester allongée. Elle ne désirait rien, ni boissons, ni nourritures, ce qui, plus que tout le reste, paniquait ses parents. Une flopée de tantes, cousines, parentes, amies se pressaient à son chevet, apportaient qui des beignets, qui un petit couscous, des gâteaux bien sucrés, de l'eau de fleur d'oranger. On invoqua les *djnouns*, on fit brûler du *pror* dans le canoun, pour éloigner le mauvais œil. Albert, qui aimait sa femme avec passion, ne savait plus quoi faire.

Le médecin avait ordonné du repos, du bon air frais, de la nourriture à profusion. Il fit l'acquisition d'une maison à l'Ariana, acheta des poules et une vache qui fournissait le lait quotidien. Dans le jardin, un verger et un potager donnaient des fruits et des légumes en abondance. Oncle Pap allait en classe avec les enfants du village.

Tous les soirs, Albert rapportait des victuailles, des glaces et des gâteaux pour que sa bien-aimée retrouve le sourire. La jeune femme svelte des photos devint la grosse dame au visage lisse et rose que j'ai toujours connue. En triplant de volume, Sarah reprit goût à la vie, comme s'il lui avait fallu pour cela se lester solidement à la terre. Elle ne se révolta plus, soigna son mari avec abnégation quand il tomba malade car sa santé était mauvaise et, enfin, elle se laissa aimer. En 1932, ils s'installèrent au Belvédère. La maison de l'Ariana restait la villégiature secondaire, remplacée après la guerre par une autre propriété, à La Soukra.

Dans les premiers temps de leur mariage, Sarah avait trouvé une flottille de bateaux de papier naviguant dans la marmite où cuisaient à petit feu les légumes et la viande du couscous. Albert, très strict sur la qualité de la cuisine, avait jugé le bouillon trop liquide. Sarah pleura, alla se plaindre auprès de sa mère, qui ne la consola pas. Si Albert n'aimait pas son bouillon, elle n'avait qu'à progresser. Ninette lui demanda si elle avait mis assez de sel, de poivre et lui expliqua comment réduire l'eau de cuisson. Sarah triompha le jour où les bateaux disparurent. Mais Albert continua de lui jouer des tours.

Dans la communauté des Juifs de Tunis, où chacun – les hommes surtout – avait un surnom en rapport avec une caractéristique de sa personnalité, il avait gagné celui de *khelien* qui signifie le farceur, l'embrouilleur, en arabe. Sarah n'était pas sa seule cible, même si elle restait l'une de ses préférées. Quand il donnait une soirée, il allait discrètement fouiller dans les sacs des dames au vestiaire, et empochait leurs porte-monnaie. Il les rendait le lendemain, toujours accompagnés d'un bouquet de fleurs et d'un mot gentil.

Il pouvait parfois se montrer cruel. Une cousine de Sarah qu'il ne supportait pas, car il avait ses têtes, était venue aux Dames de France chercher ce qu'il fallait pour se confectionner une robe. Elle avait déjà acheté le tissu au Comptoir des Élégantes et apporté un échantillon pour assortir le fil et les boutons. Elle allait et venait en caquetant, insupportable de prétention. La toilette, elle la porterait pour le théâtre, la troupe venait de France. Albert et Sarah iraient-ils ? Ah non ? *Meskin,* ils ne savaient pas ce qu'ils allaient manquer. Tout Tunis y serait.

Quand elle quitta la boutique, munie de ses articles, Albert envoya acheter un coupon du même tissu et demanda à la même couturière, sous le sceau du secret – il avait sans doute dû allonger un ou deux billets – qu'elle en fasse une robe, la plus rudimentaire possible. Il acheta une place pour le spectacle, choisit le fauteuil à côté de la cousine et envoya la bonne arabe ainsi vêtue.

L'histoire fit le tour de la ville. Celle-là et tant d'autres. On se les répétait, on les enjolivait, on les transmettait, on les racontait aux fêtes de famille, aux enterrements, pour épater la galerie, faire rire les jeunes qui en redemandaient.

« Tu me racontes encore la fois où il avait coupé un melon en deux, et l'avait posé sur le porte-bagages d'un compartiment du TGM ? Le jus dégoulinait sur la tête du gros monsieur assis en dessous…

– Et la soirée de ses voisins qui habitaient au premier étage et qu'il avait détournée en accueillant les invités chez lui, au rez-de-chaussée, avec de la nourriture et des boissons préparées tout exprès ?

– Et quand il avait prêté son appartement à Victor, le jeune frère de Sarah qui organisait une surprise-partie, et qu'il avait installé devant la porte une bassine pleine d'eau, un savon et une pancarte leur enjoignant de se laver les pieds avant d'entrer ?

– Ton grand-père, concluait-on, c'était un numéro ! »

Après la guerre, comme son infirmité l'empêchait désormais de conduire, il engagea Carmelo. Son chauffeur l'accompagnait partout, à la maison, au magasin, au café, chez ses amis pour sa partie de cartes. Au marché, il se tenait derrière Albert qui clopinait sur sa jambe valide, s'arrêtait bientôt à un étal et, ses deux béquilles calées sous les aisselles, choisissait les marchandises, soupesait les légumes et les fruits, tâtait le poisson, humait l'odeur qui s'en dégageait pour en évaluer la fraîcheur. Puis il désignait au vendeur ce qu'il voulait. Carmelo déposait les achats enveloppés de papier journal dans des couffins de paille tressée et les rapportait à la maison. Je pense toujours à Albert quand je suis dans un marché, à sa façon de remplir ses paniers avec ce qu'il y avait de meilleur, à sa générosité sans limites.

Carmelo racontait les potins qu'il glanait d'un endroit à l'autre quand Sarah l'envoyait offrir quelques portions d'un plat qu'elle venait de cuisiner, de l'*akhoud*, du *poisson khaimi*, ou une assiette de *banatages*[1], à ses sœurs, ses belles-sœurs ou à l'une de ses amies. Il revenait pareillement chargé car elles rendaient la politesse.

Je me souviens vaguement de lui, de sa grande taille, de sa moustache, de sa réputation de tombeur des bonnes qu'il coursait dans les coins. Il portait les vieux costumes d'Albert à veston croisé dont il se plaignait amèrement car il n'aimait que les coupes droites.

Albert se rendait à Marseille en bateau deux ou trois fois par an pour ses affaires. Puis il prenait le train pour Paris où il approvisionnait sa mercerie chez les grossistes du Sentier. Il lui arrivait de poursuivre sa route jusqu'en

1. Tripes, poisson malin, boulettes de pommes de terre et de poulet.

Tchécoslovaquie. Il séjournait à Prague, parcourait la Bohême pour acheter ses plus belles pièces, du strass, des perles de cristal, des boutons ornés de brillants. Ses absences pouvaient durer deux mois. Sarah, que la solitude effrayait, allait s'installer chez ses parents avec les enfants.

J'imagine ce petit homme frissonnant dans un pardessus trop mince, qui débarquait dans un pays où régnaient le froid et la grisaille. Que pouvait-il aimer à Prague ? Avait-il une maîtresse là-bas ?

J'ai posé la question à ma mère, mais elle a haussé les épaules. J'étais folle, trop imaginative, beaucoup trop romanesque. Comment penser que son père avait pu être infidèle, lui qui aimait Sarah plus que sa vie ? Tante Pim avait elle aussi protesté.

« Invente plutôt un amant à Sarah ! Elle était bien trop sage et bien trop soumise ! »

Mais ça ne collait pas. Ma grand-mère n'était pas ce genre-là.

Albert partit pour la dernière fois en Tchécoslovaquie en mars 1939, malgré les menaces de guerre en Europe. À peine était-il arrivé que son fournisseur principal, un Juif praguois avec qui il s'était lié d'amitié, vint le trouver à son hôtel.

Il lui conseilla de rentrer chez lui sans tarder. L'armée allemande était massée à la frontière de la Bohême, prête à envahir le pays. Il eut tout juste le temps d'attraper un des derniers trains pour la France.

En septembre 1939, oncle Pat avait douze ans, ma mère neuf ans, tante Pim allait fêter sa première année. La vie s'écoulait, douce, dans cette Tunisie de cocagne, même si tout n'y était pas parfaitement parfait. On s'inquiétait un peu des mauvaises nouvelles en Europe. Personne n'aimait ce Mussolini qui avait tourné la tête à tous les Italiens. Même les Granas avaient d'abord soutenu les fascistes, avant la promulgation des lois raciales, « *Il Manifesto della razza* ». Ils s'étaient alors sentis trahis par cette mère patrie à laquelle ils étaient si attachés.

Hitler les effrayait aussi. Mais la menace d'une guerre qui faisait les gros titres du *Petit Matin* et de *La Dépêche tunisienne* leur paraissait lointaine. Qui aurait pu penser que les Juifs de Tunisie seraient concernés par le conflit ? Qu'ils allaient eux aussi en payer un prix fort ? Pendant longtemps je n'ai pas pris au sérieux les six mois d'occupation allemande. Il faut dire que Sarah ou oncle Pap racontaient des anecdotes dramatiques de façon si drolatique qu'il était impossible de les plaindre tout à fait.

Il est vrai aussi qu'en Tunisie la Seconde Guerre mondiale fut moins terrible qu'en Europe. Mais les souffrances du pays, et des Juifs en particulier, furent longtemps occultées. À la fin du conflit, face à l'horreur de la Shoah, leur propre malheur leur avait semblé dérisoire. Ils l'avaient minimisé, ou ils s'étaient tus. De toute façon, sidérés, détruits, partout les Juifs se taisaient.

Au moment de la déclaration de guerre, leur communauté comptait environ 90 000 personnes. Beaucoup voulaient se battre aux côtés de la France. Mais seuls les Juifs français purent s'enrôler dans les régiments d'Afrique. Les autres furent contraints de se rendre en métropole pour s'engager. 3 000 d'entre eux se portèrent volontaires.

En octobre 1940, le gouvernement de Vichy mit en place un statut des Juifs, également applicable dans les colonies et les protectorats. En Tunisie, les Juifs italiens firent pression sur l'Italie pour en être exemptés, sans succès. Bien pire que la dhimma, ce texte infâme leur interdisait la plupart des métiers. Le bey signa tous les décrets que lui soumit l'amiral Esteva, le résident général. Mais quand Vichy voulut retirer leur nationalité aux Juifs français, comme cela avait été fait en Algérie, Esteva, pourtant un loyal pétainiste, protesta et le projet fut abandonné.

En juin 1941, un nouveau statut des Juifs, plus rigoureux encore, fut promulgué. Aucun d'entre eux ne pouvait travailler. La solidarité familiale joua à fond et la communauté soulagea les plus démunis. Le magasin d'Albert resta ouvert, comme ceux de la plupart des commerçants. Mon grand-père fit de son mieux pour aider les nécessiteux.

Ahmed Bey mourut en juin 1942, et fut remplacé par son cousin, Moncef Bey. Le jour de son investiture, une délégation de notables Juifs vint lui présenter ses compliments. Devant Esteva et les hauts fonctionnaires, le nouveau souverain déclara que les Juifs, comme les musulmans, étaient ses enfants. On l'interpréta comme un signal fort envoyé à Vichy.

Ce bey avait du cran. La veille de l'occupation nazie, il offrit à Moïse Borgel, le grand-père d'oncle Pap, qui était aussi le chef de la communauté, de les cacher, sa famille et lui, pour leur éviter la déportation. Borgel refusa. Quelques Tunisiens musulmans, des grands bourgeois pour la plupart, proposèrent aussi leur aide aux Juifs.

Cette solidarité leur mit un peu de baume au cœur. Ils étaient perdus… La France, leur France, la France des droits de l'homme, de Clermont-Tonnerre et de Napoléon, la France éclairée, la France de la justice et de l'égalité, leur douce France les abandonnait. Pire, elle les enfonçait. Elle souhaitait leur perte. Ils ne comprenaient plus rien.

À Sousse, l'avenue Krantz, où vivait mon père avec sa famille, fut rebaptisée avenue du Maréchal-Pétain, comme le collège où il étudiait avec son frère cadet, Lucien. Les humiliations se succédaient. En cours, ils étaient désormais appelés Youssef et Mardochée, leurs prénoms français n'avaient plus cours. Mon oncle fut sévèrement puni quand sa classe fut prise d'un fou rire au moment d'entonner l'hymne quotidien à la gloire du Maréchal. Il était juif. Il ne pouvait y avoir d'autre coupable.

À Tunis, Pat, qui avait l'âge de mon père, suivait l'avancée des Alliés sur une carte d'Afrique, l'oreille collée au poste de TSF du salon. Il avait bondi de joie à l'annonce du débarquement sur les côtes algériennes. La libération de la Tunisie n'était plus qu'une question de jours. Tous les matins, Pat allait vérifier si les sauveurs arrivaient. Le 10 novembre 1942, posté devant la porte de son immeuble, il crut entendre gronder leurs tanks. Il les vit enfin apparaître, lourds engins guerriers, incongrus dans une ville. Il risqua un *hello* sonore. Debout dans sa guérite, un soldat lui répondit en allemand.

Les troupes américaines auraient dû débarquer dans la foulée de l'opération Torch en Algérie. Mais le régime de Vichy avait tergiversé, ne sachant s'il fallait ou non soutenir les Alliés. À la grande stupéfaction de la population, vingt-cinq bombardiers italiens atterrirent à El Aouina, l'aéroport de Tunis. Les troupes françaises n'opposèrent pas de résistance. L'armée allemande investit les ports de Bizerte, Sousse et Sfax et occupa le littoral tunisien jusqu'à Djerba, avant de pénétrer dans la capitale.

Cette souriante Tunisie allait passer six mois sous la botte nazie, ce qui lui irait aussi mal qu'un plumage vert-de-gris à un perroquet des îles.

Le colonel SS Walter Rauff, inventeur des chambres à gaz mobiles, avait été envoyé à Tunis avec une feuille de route très simple : exterminer tous les Juifs. Le 23 novembre à l'aube, il fit arrêter Moïse Borgel et son gendre, David Pariente, le père d'oncle Pap. Mon oncle alors âgé de cinq ans se souvient encore de son effroi, et des supplications de sa mère qui n'eurent aucun effet. Rauff avait projeté de les faire fusiller, ainsi que d'autres membres du conseil de la communauté. Le bey et Esteva protestèrent bruyamment. Rauff tergiversa puis renonça. Il n'avait pas l'habitude qu'on lui résiste. Moïse Borgel reçut cependant l'ordre de se présenter tous les jours au siège de la Kommandantur.

Rauff décida alors de rassembler 3 000 jeunes gens juifs de dix-huit à trente-cinq ans pour les envoyer dans les camps de travail que ses hommes commençaient à établir sur la ligne du front. Il donna trois jours à Moïse Borgel et aux autres membres du conseil pour les recruter.

Le 9 décembre, malgré les exhortations du grand rabbin et les affiches placardées dans la ville de Tunis, cent cinquante jeunes gens seulement avaient répondu à l'appel. Ils s'étaient munis de pioches, de pelles et de couvertures car, malgré le soleil hivernal, le climat était rigoureux.

Furieux, Rauff ordonna des rafles autour de la grande synagogue, qui fut saccagée au passage par ses hommes. L'avocat Paul Ghez, membre du conseil de la communauté, maintes fois décoré pour ses actes de bravoure pendant les deux guerres, se présenta devant lui en uniforme pour protester encore. Peut-être un peu décontenancé par les médailles de son interlocuteur, un soldat comme lui, Rauff fit cesser les rafles. Mais il ordonna d'arrêter cent notables de la communauté, de les emprisonner à la caserne de la Kasbah et de les faire exécuter s'il ne se présentait plus de volontaires. Parmi ces otages se trouvait Albert.

L'appartement du Belvédère ayant été réquisitionné, Sarah, Albert et les enfants s'étaient tout de suite réfugiés avenue de Londres. Pour échapper aux camps de travail, Henri, l'un des frères de Sarah, avait trouvé une cachette derrière une armoire. Une fois par jour, on la poussait pour lui glisser un plateau chargé de nourriture. Il le prenait prestement puis chuchotait :

« Y a eu jonction ou y a pas eu ? »

La jonction entre les armées alliées. C'était la seule information qui l'intéressait. Quand on lui répondait par la négative, il retournait se cacher.

Sarah avait d'autres motifs d'inquiétude. Dès le lendemain de l'arrestation de son mari, tremblante mais déterminée, elle se rendit au siège de la Kommandantur, au sein de l'hôtel Majestic, avenue de Paris. Oncle Pat l'accompagnait. Lui, je l'imagine en culottes de golf, un soupçon de moustache bordant sa lèvre supérieure, l'air sérieux d'un adolescent que les bouleversements de sa vie avaient mûri. Elle était sans doute habillée et maquillée avec soin, peut-être portait-elle son manteau d'astrakan noir avec le col de fourrure, celui qui traîne dans mon placard depuis sa mort, et que je ne me résous pas à jeter. Sarah ne voyait le mal nulle part. Elle n'avait pas bien compris qui était l'occupant et était loin de deviner le contenu de la feuille de route de Rauff.

Elle implora le planton. Le commandant Zekele, chef de la Gestapo, devait à tout prix la recevoir. Elle fit tant de tapage qu'il la laissa passer.

Dès qu'elle aperçut l'officier nazi, elle se précipita vers lui en pleurant.

« Mon mari a une santé fragile. Je vous en supplie, il faut le libérer ! »

Il demeurait inflexible. Sarah se mit à genoux. Elle sanglotait à présent. On a toujours eu le sens du drame dans la famille.

« Madame, soyez digne », l'exhorta Zekele.

Je ne sais si cet officier allemand a vraiment prononcé cette phrase. Ce qui importe, c'est la réponse de Sarah, ou du moins ce qu'elle nous en a raconté, toujours dans l'exagération.

« Je me fous de la dignité. Je veux sauver mon mari. »

Comme Zekele restait de marbre, elle finit par se relever et lui proposa avec une belle inconscience d'emprisonner oncle Pat à la place d'Albert. Son fils était jeune et costaud, il survivrait. Son mari, elle en était moins certaine.

Zekele l'éconduisit encore plus sèchement qu'il ne l'avait reçue. Sarah abandonna la partie.

« J'ai dit "tant pis", souffla-t-elle. Et je suis partie. »

Comme le planton la raccompagnait plutôt gentiment à la porte, elle en conclut à la courtoisie des Allemands.

D'autant que Zekele avait consenti à ce que les otages soient nourris par leurs femmes. Tous les matins, Sarah apportait à Albert un couffin rempli de solides victuailles cuisinées pendant la nuit. Ce qui la soulageait un peu car, chez nous, ne pas manger équivaut à ne pas respirer. Sauter un repas c'est déjà mettre un pied dans la tombe.

Albert faisait circuler les petits plats de Sarah parmi les prisonniers, glissait en douce des cigarettes, des couvertures, de la nourriture à un de ses cousins accusé d'espionnage, et menacé d'exécution. Pour passer le temps, les otages jouaient aux cartes.

En y réfléchissant, cette anecdote n'était pas si drôle mais tout le monde préféra en rire, puisque l'histoire s'était bien terminée. Au bout de quelques semaines, les jeunes se présentant à l'appel, les otages furent libérés. 3 700 travailleurs avaient été réunis, avec un scandale à la clé car les bourgeois payaient les plus pauvres pour qu'ils prennent la place de leurs enfants.

Dans son *Journal de guerre*[1], Albert Memmi a raconté ce dernier épisode qui l'indigna au point qu'il rejoignit un de ces camps en volontaire. Au fil des pages, il décrit l'enfer, les marches dans la boue, les nuits à même le sol, les bombardements. « Nous avons pleuré de souffrance mais nous avons aussi pleuré de rage. On nous a fait coucher dans une caserne sur le fronton de laquelle était encore gravée, belle et ironique, la devise de la République. »

Il y eut des sévices, des réveils à coups de bottes, des jeunes gens furent fusillés pour tentative d'évasion ou refus d'obéissance. Dans les camps administrés par l'armée italienne, les travaux étaient moins pénibles, la surveillance plus relâchée. Des prisonniers s'enfuirent. À la fin de l'occupation, faute de surveillance attentive, tous les camps se vidèrent sans intervention militaire.

La population passait de l'indifférence envers les Juifs à la satisfaction de les voir malmenés.

1. Albert Memmi, *Journal de guerre 1939-1943*, CNRS Éditions, 2019.

Des ouvriers arabes, des maçons italiens insultaient les jeunes gens qui se rendaient en rangs dans les camps de travail. D'autres renseignaient les soldats allemands sur les appartements à piller, les jeunes filles et les femmes isolées qu'il serait facile de violer.

La propagande allemande était pour beaucoup dans ce déchaînement antisémite. Dans les émissions en arabe diffusées par Radio Berlin, comme dans la presse en langue française de droite et d'extrême droite, l'intox antijuive se déchaînait. Les dirigeants de la communauté manœuvraient au mieux pour que leurs coreligionnaires échappent au pire. L'attitude bienveillante du bey et de sa cour, de la bourgeoisie musulmane, italienne et française, et des consuls étrangers leur fut aussi d'un grand secours.

Les Alliés bombardèrent Tunis en avril et mai 1943. À la première alerte, les sirènes se déclenchaient et les habitants du quartier couraient se mettre à l'abri dans le cimetière.

Dans l'appartement de l'avenue de Londres, Simon donnait le signal du départ.

« Tous aux tranchées ! »

Ils sortaient alors de l'immeuble en arborant sur le crâne des casseroles ou des couscoussiers censés les protéger. Les soldats allemands les aidaient à descendre.

Les hommes n'oubliaient pas les cartes car les alertes pouvaient être longues. Quand le feu des bombes était trop intense, ils cessaient de jouer au rami ou à la scopa et s'aplatissaient au fond, le visage à même la terre. On entendait retentir des prières dans toutes les langues.

Nina refusait obstinément de les suivre. Elle restait dans sa cuisine, surveillait les casseroles, sourde aux exhortations des siens. « Je vous connais, vous allez avoir faim quand vous reviendrez. En plus, Simon déteste manger froid. »

Grace à une autre intervention de Ghez, les Allemands ne pillaient plus les Juifs. Désormais, ils les rançonnaient. C'était beaucoup plus rentable. Leurs exigences étaient sans fin. Rauff convoqua le président de la communauté. Il voulait vingt millions de francs pour le surlendemain. La somme était impossible à réunir en si peu de temps. L'amiral Esteva ordonna à la Caisse foncière de Tunisie de prêter cet argent gagé sur les biens des notables juifs les plus fortunés. À Sousse, à Sfax, l'argent fut obtenu dans les mêmes conditions. Rauff, qui ne doutait de rien, se rendit à Djerba un samedi en avion pour exiger cent kilos d'or, sans quoi il fusillerait trois otages au hasard.

Le grand rabbin de Djerba décida que Dieu leur pardonnerait cette infraction au chabbat. La moitié de la somme fut trouvée dans la journée. Les femmes donnèrent leurs bracelets, leurs colliers, les jeunes filles les pièces d'or qu'elles économisaient pour leur trousseau, les hommes vidèrent leurs poches et leurs coffres-forts. Les Allemands acceptèrent de repousser au lendemain le paiement de la deuxième partie de la rançon.

Le jour suivant était le 8 mai 1943. Une date mémorable. Celle où les Alliés arrivèrent enfin. Dieu avait pardonné. Mieux, il avait donné un coup de pouce aux Juifs djerbiens. Ils le méritaient bien.

Henri sortit de son réduit. Il se posta au balcon et hurla à s'en casser les cordes vocales :

« La jonction ! »

Il était temps. La population manquait de tout. Le typhus et le choléra commençaient à faire des ravages.

Mais, comme ailleurs, l'arrivée des Anglais et des Américains transforma Tunis. Quoique bien éprouvée, la ville se remit à pétiller. L'alcool circulait, les provisions aussi, des bals étaient organisés tous les soirs, les jeunes filles que la guerre avait délurées se jetaient dans les bras des soldats On dansait beaucoup, on buvait encore plus. Les Juifs l'avaient échappé belle.

Mes grands-parents remirent en état leur appartement. Comme elle se l'était promis, Sarah donna une soirée où elle invita les otages, compagnons d'infortune d'Albert, et leurs familles. Un soldat anglais se présenta avec un billet à ordre pour loger chez eux. Sarah le surnomma Serdouk, qui signifie « le coq » en arabe en raison de la touffe de cheveux roux qui surmontait son crâne.

Leurs relations devinrent amicales, presque filiales. Il était très jeune et sa famille lui manquait. Elle ne parlait pas l'anglais, le soldat n'entendait rien au français. Ils communiquaient par signes.

Serdouk dut rejoindre son régiment. Il vint faire ses adieux. Il était très respectueux, pétri de bonnes manières.

Sarah demanda à Albert de lui traduire ces quelques mots :

« J'espère que vous allez vite revenir nous voir. »

C'était pure hypocrisie de sa part. Elle avait hâte de le voir partir. Mais elle avait un bon fond. Et comme Serdouk, elle était bien élevée.

Elle ne comprit pas pourquoi le jeune homme rougissait jusqu'aux oreilles chaque fois qu'elle prononçait la phrase qu'Albert venait de lui apprendre. Ce qui accentuait sa ressemblance avec un coq.

« Oh non, s'exclamait-il, je ne peux pas, madame Zeitoun, je n'ose pas. »

Et il reculait de quelques pas.

C'est que Sarah, l'innocente, répétait en boucle : « *Kiss me on the lips, mister Serdouk, kiss me.* »

Mon père, qui à quatre-vingt-quinze ans passés possède une excellente mémoire, datait du 13 décembre 1942 les premiers bombardements alliés sur Sousse qui les avaient surpris, son frère et lui, au cinéma. J'ai vérifié. Il avait raison.

Son journal qu'il a bien voulu me confier raconte la guerre de façon beaucoup moins amusante que Sarah. Les Soussiens, bombardés nuit et jour dès le début de l'occupation par les troupes alliées pour déstabiliser les Allemands, furent beaucoup plus traumatisés. Ou peut-être moins sensibles que les Tunisois au comique qu'ils glissent dans toute tragédie.

Les bombardements se faisant chaque jour plus intenses, il fallut quitter l'appartement. La famille à laquelle s'était adjointe la mère de Reine, la minuscule nonna Mouni, se réfugia chez un cousin, dans un immeuble du bord de mer. Quand une attaque aérienne s'annonçait, tout le monde allait s'abriter à la plage, comme si la proximité de l'eau pouvait les protéger. Les

Soussiens fuirent la ville en direction des douars arabes, Akouda ou Kalaa Kebira. Pour y arriver, ils louaient ou empruntaient des *arabats*, des charrettes à bras, et entassaient les quelques biens qu'ils avaient pu rassembler dans des valises ou des cartons ficelés à la hâte. Victor refusa de les imiter. Il ne voulait pas céder à la panique.

Le 18 décembre, la famille courut une fois de plus à la plage. Une bombe tomba sur le parapet en fer qui surmontait le muret sous lequel ils s'étaient recroquevillés. Un éclat blessa mon père au mollet. Il saignait abondamment, souffrait beaucoup. Nonna Mouni, touchée aux deux pieds, gémissait à ses côtés. Ils furent évacués dans la voiture du maire. Un soldat allemand déposa un enfant blessé dans les bras de mon père. Il mourut pendant le trajet. Longtemps mon père occulta cet épisode. Il se souvenait très bien en revanche du bruit des avions dans le ciel, qui pendant des années déclencherait en lui une terreur panique, chaque fois qu'il l'entendrait à nouveau. Il en resta profondément marqué, ainsi que de toute la période de la guerre. Tout comme oncle Pat, son enfance s'était arrêtée à quinze ans.

Comme ils l'avaient fait à Tunis, les Allemands exigèrent des Juifs de lourdes amendes et des bijoux, et imposèrent l'étoile jaune, ce qu'ils n'avaient pu faire à Tunis. Reine trouva par miracle une pelote de laine jaune dans son nécessaire à couture et en tricota une pour chaque membre de la famille. Mon père la porta au revers de sa veste. Puis les appartements furent réquisitionnés et toute la famille se résigna à gagner Kalaa Kebira où un paysan arabe leur loua à prix d'or un gourbi misérable qu'ils partagèrent pendant six mois avec une autre famille. Reine avait pu sauver ses bijoux et un peu d'argent, pauvre trésor noué dans un mouchoir autour de son ventre. Cela leur permit de survivre un temps. Quand il n'y eut plus rien, elle se résolut à fouiller les poubelles pour nourrir les siens.

À la mi-décembre, Victor fut affecté au travail obligatoire, comme tous les Juifs des environs, âgés de dix-huit à cinquante ans. Il partait à l'aube avec des centaines d'autres réquisitionnés comme lui, agglutinés dans des camions où ils étaient poussés à coups de pied et cinglés par des cravaches. Ils devaient déblayer le port et la gare, combler les trous laissés par les bombes. Les Allemands les plaçaient dans les zones dangereuses. En cas d'alerte, il leur était interdit de quitter leur poste. Victor serrait les dents. Il n'avait pas l'habitude des travaux de force, ni d'être rudoyé et frappé. Et puis il avait peur. À cinquante ans, c'était déjà un vieux monsieur, l'un des plus âgés de l'équipe. Il rentrait le soir épuisé, dormait d'un mauvais sommeil tant son corps le faisait souffrir. Le lendemain, il repartait à l'aube.

Au Lazaret, l'hôpital psychiatrique de Sousse, les Allemands avaient installé un atelier de réparation d'uniformes. Beaucoup de Juifs s'y portèrent volontaires pour échapper aux travaux forcés. Les occupants, apprenant que Maurice, le frère de Victor, était un maître tailleur réputé, lui confièrent la sous-direction de l'atelier. Maurice gagna la confiance du commandant allemand qui le dirigeait. Cela lui permit d'engager ses proches. Victor, qui connaissait le métier pour l'avoir exercé dans sa jeunesse, Mardochée, son père, lui en avait appris les rudiments comme à ses deux frères, lui fut reconnaissant d'avoir pensé à lui.

Un matin de février 1943, un officier allemand arriva au Lazaret, suivi d'une escorte de soldats déférents. Il semblait très important. Dans l'atelier, tous se mirent au garde-à-vous.

À l'aide d'un interprète, l'officier expliqua à Maurice qu'il voulait une redingote en drap et qu'il était pressé. Maurice se mit au travail, surveillé de près par une ordonnance qui lui expliqua avec des gestes et trois mots de français que l'officier n'était autre que le maréchal Rommel. Son armée venait d'entrer en Tunisie par le sud, avec quelques jours d'avance sur celle de Montgomery. Mon grand-oncle avait du métier.

La redingote allait si bien à Rommel qu'il en réclama d'autres. Maurice, qui espérait s'en tenir là, s'exécuta malgré lui.

Entre mars et avril 1943, quand la VIIIe armée de Montgomery réussit sa percée sur la ligne Mareth, dans le Sud, la guerre redoubla d'intensité. Ce fut l'une des batailles les plus décisives de tout le conflit. La victoire finale présagea la chute de l'Axe dans le pays.

Sousse fut libérée le 12 avril. Les Allemands décampèrent aussi vite qu'ils le purent. Maurice rentra chez lui, soulagé. Le lendemain, un camion se présenta pour les embarquer lui et sa famille. Rommel avait décidé de l'emmener avec lui pour qu'il devienne son tailleur personnel. Le tailleur juif de Rommel.

La famille fut obligée d'obéir. À Tunis, les soldats leur proposèrent de les loger dans une caserne. Maurice bredouilla qu'un cousin les hébergerait. Sitôt libres, ils se réfugièrent tous dans la crypte de la cathédrale où la moitié de la ville se cachait pendant les bombardements. Ils y restèrent plus d'un mois, attendant la capitulation totale, tremblant à l'idée que Rommel les retrouve.

Victor voulut récupérer son appartement, mais à son grand désespoir il découvrit qu'il avait été saccagé. Les Allemands, les Italiens, puis les Arabes avaient tout volé, jusqu'aux fenêtres et aux portes, jusqu'aux carrelages qu'ils avaient descellés. Quelqu'un avait même déféqué sur le sol.

Lorsqu'il rapporta les événements à Reine, ma petite grand-mère, si forte d'habitude, se mit à sangloter. Exténuée par la fatigue, l'angoisse, les privations et surtout la peur quotidienne pour les siens, elle n'avait plus la force de subir.

« Ce ne sont que des choses matérielles, répétait le doux Victor, anéanti lui aussi. Nous sommes encore en vie. »

Leur seule obsession était la survie. Comme beaucoup de Juifs dans le besoin, ils furent soutenus par le Secours national et par les caisses de bienfaisance de la communauté juive.

Ils gagnèrent Tunis où ils furent hébergés par un frère de Reine. Victor s'engagea dans l'armée française, par patriotisme et aussi pour la solde. Reine proposa ses talents de couturière. Mon père se fit embaucher dans un magasin de l'armée américaine. Il s'était inscrit en seconde au lycée Carnot et comptait reprendre ses études en octobre.

Reine trouva un appartement, Victor fut engagé dans une banque. Un peu plus tard, on lui proposa un emploi à Sousse, dans une agence de transit. Là-bas, la maison familiale fut reconstruite et surmontée d'un étage pour permettre aux frères de Victor d'y vivre aussi. Son bac en poche, mon père, qui était resté à Tunis, décida de commencer des études de droit. Il les poursuivrait à Paris.

Victor, déjà peu pratiquant, rompit définitivement avec le judaïsme et surtout avec un Dieu qui les avait abandonnés. Bizarrement, il ne cessait pas d'aimer la France. Il mangeait ostensiblement du pain à Pessah tandis que Reine, moins rancunière, le remplaçait pendant huit jours par des galettes sans levain. Je soupçonne ce doux grand-père aux grands yeux gris-vert, capable de colères épouvantables, d'avoir été un anticonformiste à sa façon.

Au total 4 000 jeunes gens venus de tout le pays, furent envoyés dans les camps de travail forcé où une trentaine d'entre eux trouvèrent la mort. 350 Juifs furent tués sous les bombardements alliés. Environ 700, dont de nombreux enfants, moururent d'épidémie ou de sous-alimentation. Il y eut aussi quelques déportations mais il fallait transporter les prisonniers par bateau ou par avion. Or, très rapidement les Allemands n'eurent plus la maîtrise des airs et de la mer.

Plusieurs dizaines de Juifs tunisiens périrent cependant dans les camps d'extermination en

Europe. Le jeune champion de boxe Young Perez fut de ceux-là. En Tunisie, leur destruction était programmée. Ce n'était plus qu'une question de semaines, avant l'arrivée des Alliés.

Dieu bénisse, nous avions eu de la chance.

Quand j'étais jeune fille… commençait ma mère.

Nous aimions les histoires de jeunesse dans la Tunisie d'après-guerre qu'elle nous confiait par bribes, quand elle était nostalgique, ce qui ne lui arrivait pas souvent. Parfois ce que nous apprenions d'elle nous étonnait, ma sœur et moi. Nous n'imaginions pas qu'elle ait pu avoir une tout autre existence que celle que nous lui connaissions, cette jeunesse dorée, bien plus insouciante que la nôtre.

On aurait dit que nous avions deux mères, l'une solaire, qui habitait de l'autre côté de la Méditerranée, l'autre plus sombre qui vivait ici comme si la grisaille de Paris, mêlée à celle de l'exil, avait déteint sur elle.

Nous apprenions ainsi qu'elle allait danser avec oncle Pat et tante Jac qui venaient de se rencontrer et qui la chaperonnaient, qu'elle traînait avec ses bandes de copains, dormait parfois chez l'une ou l'autre de ses amies « intimes »,

Andrée et Simone. Qu'elle ne ratait pas un spectacle, un concert, une pièce de théâtre, car Tunis accueillait toute la culture qui venait de France, qu'elle partait en cure à Châtel-Guyon car elle avait les bronches fragiles, qu'elle visitait Paris avec ses parents, qu'elle avait toujours aimé la mode et qu'une couturière en journée copiait pour elle les modèles des magazines français, qu'elle avait eu vaguement le béguin pour l'un ou l'autre des amis de son frère, et qu'elle en avait repoussé d'autres, nous qui pensions avec naïveté qu'elle n'avait aimé que notre père.

Les regrettait-elle ? Peut-être aurait-elle été plus heureuse qu'avec lui. Parfois aussi elle soupirait, confessait que le début d'une vie où elle avait été si choyée, si privilégiée, l'avait aidée à supporter la suite. Cet aveu, lâché comme par inadvertance, nous brisait le cœur.

Pourtant tout n'était pas si rose. Sarah nous l'avait maintes fois raconté. L'immédiat après-guerre avait été difficile. L'emprisonnement d'Albert lui avait occasionné une plaie à la jambe gauche, qui, faute de soins appropriés – la plupart des médecins juifs ne pouvaient plus exercer sous Vichy – avait dégénéré en gangrène. Il fallut l'opérer en urgence. Le chirurgien l'amputa au niveau du genou et si mal qu'il était impossible de fixer une prothèse.

Il apprit à marcher avec des béquilles qu'il calait sous ses épaules. Puis, comme il s'ennuyait à la maison, il abrégea sa convalescence et retourna au magasin. Il ne se plaignait pas. Sa tristesse restait discrète. Sarah, qui ne se faisait pas à son handicap, se lamentait plus que lui. Quelques années plus tard, la jambe saine fut touchée à son tour. Cette fois, il partit se soigner à Paris. Oncle Pat l'accompagna avec Sarah. Le chirurgien évita une deuxième amputation. Tout courageux qu'il ait été, je crois qu'il ne l'aurait pas surmontée.

Ma mère abandonna le lycée pour remplacer son père au magasin. À son retour, elle ne reprit pas ses études. Sur le moment, elle en fut soulagée, elle avait envie de s'amuser. C'était de son âge. Personne ne l'y obligeait. Plus tard, ce fut son grand regret.

Elle occultait aussi ce moment où la dépression l'avait saisie, où il avait fallu employer des traitements de choc car rien ne semblait pouvoir guérir sa mélancolie. Elle ne nous en a jamais dit un mot. Nous l'avons appris beaucoup plus tard, presque à la fin de sa vie. Ce fut tante Jac qui incidemment lâcha le morceau, persuadée que nous étions au courant.

Nous pensions, comme on nous l'avait toujours affirmé, que son divorce avait été la cause de sa maladie. C'était sans doute la raison de ses rechutes mais sa fragilité était déjà installée. Le récit familial en prit un coup. Nous n'avions de cette époque qu'une version édulcorée, l'amputation d'Albert exceptée. Ensuite, quand ma mère aurait pu nous parler, il était trop tard, la vieillesse la malmenait.

Les récits que j'ai entendus de l'époque qui a suivi la guerre et précédé l'indépendance sont plus ou moins identiques à ceux de ma famille. On nous vendait du rêve. Puis, peu à peu, comme dans ces décalcomanies que l'on frotte avec un chiffon imbibé d'eau pour faire surgir des personnages, une autre vérité apparaissait.

L'idée du Paradis, dont la définition, disait l'écrivain argentin Alberto Manguel, c'est d'être un lieu que l'on perd, n'était pas tout à fait raccord avec la narration que l'on nous servait. Dans les récits, la pauvreté était gommée, pire elle faisait rire, au même titre que l'ignorance, comme dans les histoires de *shrah*, ce simple d'esprit qui agissait toujours à l'envers.

Et pourtant, elle était là, dans les masures de la Hara, sur les visages faméliques des enfants arabes et juifs, dans les maisons insalubres du quartier de la Petite Sicile, à Tunis, dans les rues de la capitale où les estropiés, les manchots, les aveugles, les lépreux formaient une véritable cour des Miracles, dans les campagnes et dans les villages où les paysans manquaient de tout.

Mais qui prenait le temps d'en parler ? Qui décrivait la violence à bas bruit de la colonisation, la dureté des rapports sociaux, l'antisémitisme, le racisme ? Tout cela était effacé, comme la dépression de jeunesse de ma mère, comme si cela n'existait pas, n'avait jamais existé.

On préférait raconter autre chose. La vie facile, joyeuse, insouciante, qui se fichait en apparence des conventions et des différences. La rigolade. Les kifs. Les copains. La plage. Le voisinage qui favorisait les rapports bon enfant. L'école où le brassage se faisait sans effort comme au mythique lycée Carnot, dont le souvenir est cher à mon ambassadeur et à tant d'autres élèves. La Tunisie plurielle, l'harmonie entre les communautés... On vivait tous ensemble, disait-on, mais les relations entre les uns et les autres étaient codifiées, jusqu'aux quartiers de Tunis où l'on se promenait.

« Les "Français" comme on les appelait à l'époque, c'est-à-dire pour nous tous les non-Juifs, allaient se promener du côté de la cathédrale, avenue Jules-Ferry. Les petits Français, les Maltais, "la Petite Sicile", avenue de Carthage ou dans les quartiers du port. Les Juifs bourgeois, avenue de Paris, de l'angle de l'avenue Jules-Ferry au lycée Carnot. Surtout pas plus bas, parce que là, les Juifs du Passage, les Juifs d'origine modeste prenaient la relève. Les Arabes, je ne sais plus très bien[1] », écrivait Nine Moati.

« Dans nos souvenirs, notre imagination, constatait Albert Memmi, c'était une vie tout à fait merveilleuse, alors que nos propres journaux de l'époque témoignent du contraire[2]. »

Le plus étrange en fait était que, comme dans n'importe quel récit qui convoque le passé, tout ce qu'on racontait était à la fois faux et vrai.

---

1. *Le Mariage de Lucie Enriquez*, Jean-Jacques Pauvert, 1978.
2. *Le Nomade immobile*, Arléa, 2000.

Mon père tenait encore un autre discours. Au sortir de la guerre, il s'était retrouvé par hasard avenue Jules-Ferry, pendant un défilé du 1er mai. Il avait vu des Arabes, des Juifs, des Maltais, des Italiens, des Grecs, des Français marcher au coude à coude en chantant *L'Internationale* à pleine gorge. Ce n'était pas si fréquent.

Il avait dix-sept ans à peine. Pour la première fois de sa jeune existence, il avait eu le sentiment d'être un opprimé comme tous ces ouvriers, ces gens de peu, ces miséreux, dont les slogans réclamaient un meilleur salaire et, partant, une vie plus digne.

Ce « petit Français de seconde zone » comme il se définissait avec rage, né dans une famille de la classe moyenne éduquée, éprouvait depuis quelque temps, par ses observations et ses lectures, un besoin pressant de dignité, d'égalité et de justice au sein de cette société coloniale étouffante, où il se sentait tout juste toléré par ceux qu'il appelait les Français.

Français, il l'était pourtant. Mais il était aussi un « yehudi » pour les Arabes, un « Isssraëlite » pour les colons.

Le jeune homme idéaliste qu'il était alors avait du mal à accepter ce statut tacite de sous-citoyen. Il appréciait la facilité de l'existence qu'il menait mais devenait chaque jour un peu plus conscient des inégalités qui régnaient. Désormais, il se définirait aussi comme un homme de gauche. Une appartenance qui ne l'a plus quitté et qui m'a influencée dès que j'ai été en âge de comprendre la politique.

Il se rapprocha du Parti communiste où les Juifs étaient majoritaires, même si les musulmans trouvaient leur présence encombrante. Comme lui, ils ne supportaient plus leur statut de minorité et aspiraient à une société plus juste.

Cent dix mille Juifs habitaient alors la Tunisie, la plupart à Tunis. Ils étaient solidement implantés dans le pays, participaient à la vie de la Cité, avaient le droit de siéger au Grand Conseil de Tunisie, une assemblée compétente en matière budgétaire et consulative en matière de législation.

Tous étaient attachés à leur pays natal et à divers degrés à la France, pourtant ils avaient été très éprouvés par son odieux comportement envers eux pendant la guerre. Pouvaient-ils garder confiance en elle ? Se réclamer encore de cette francité qui les avait tant faits vibrer ? Y compris les Juifs devenus français ?

La sympathie d'une partie du peuple musulman pour les nazis les avait échaudés tout autant. Pourraient-ils vivre en sécurité en Tunisie ? Fallait-il soutenir le Néo-Destour, le parti nationaliste et laïque que Habib Bourguiba avait créé pour remplacer le vieux parti Destour, nationaliste, traditionnel et islamisant ?

Y avait-il une autre option ? Le sionisme était-il la solution ? Comme tous les Juifs du monde, ceux de Tunisie s'y étaient intéressés tout de suite. Au premier congrès de Bâle, en 1897, Theodor Herzl avait reçu un télégramme de félicitations envoyé par « de jeunes sionistes de Tunisie ». Dès les années vingt, des mouvements sionistes s'étaient implantés dans le pays.

Au moment de la création de l'État d'Israël, en 1948, et même un peu avant pour certains qui s'étaient enrôlés dans l'armée d'indépendance, une première vague de Juifs tunisiens fit son alyah. Le Mossad puis l'Agence juive parcouraient le pays pour les convaincre d'émigrer. Les recruteurs cherchaient surtout à atteindre les familles pauvres et les déçus du Protectorat. Les militants sionistes, eux, étaient déjà convaincus.

Vingt-cinq mille Juifs tunisiens partirent pour la Palestine entre 1949 et 1950. Puis le mouvement s'essouffla, non pas que les autorités tunisiennes s'y soient opposées. Jusqu'en 1956, il était aisé d'obtenir un visa pour Israël. Mais le mauvais accueil que ces nouveaux immigrants reçurent de la part d'un gouvernement et d'une population venus d'Europe, remplis de préjugés à l'encontre des Juifs orientaux qu'ils considéraient comme des arriérés – quelques siècles plus tôt, c'était une réplique des Granas –, refroidit leur enthousiasme. Certains rentrèrent au pays ou gagnèrent la France. D'autres persistèrent malgré les difficultés qui les attendaient. Ceux-là étaient de vrais sionistes.

Une sœur de Sarah, veuve et désargentée, était ainsi partie pleine d'espoir, avec ses deux filles, dont l'une était handicapée. Sa vie là-bas était si dure qu'elle faisait figure d'héroïne. Sarah nous en parlait avec des larmes dans les yeux. L'enthousiaste tante Hilda devint la caution sioniste de la famille, celle qui nous représentait là-bas.

Aucun d'entre nous n'envisageait de s'y établir. Tout recommencer ? Apprendre l'hébreu ? Vivre dans un kibboutz ? Dieu nous en préserve, aurait pu dire Sarah qui, comme nous tous, était une fervente mais de loin. On envoyait de l'argent, on admirait les pionniers, mais cela n'allait pas plus loin.

De toute façon, au début des années cinquante, m'avait confié tante Pim, malgré les rumeurs et les tensions, aucun d'entre nous ne pensait au départ, ni en Israël, ni en France. Quitter la Tunisie ? Notre pays ? Ça, jamais.

Mon père obtint sa licence de droit à Paris. Sur les bancs de la faculté d'Assas, il se lia d'amitié avec Jean-Habib Bourguiba, dit Bibi, le fils du futur président. Rentré à Tunis en 1952, il intégra l'étude d'Élie Nataf, bâtonnier du barreau de Tunis, un homme engagé politiquement et socialement auprès de la communauté.

Ses amis appelaient de leurs vœux l'émergence d'une Tunisie démocratique, autonome, sinon indépendante. C'est ainsi que mon père observa avec un intérêt teinté de sympathie le mouvement nationaliste arabe dont l'un des leaders était le père de son ami Bibi.

Habib Bourguiba avait connu une enfance pauvre à Monastir où il était né en 1903. Il avait étudié au collège Sadiki puis au lycée Carnot, où il avait été marqué par le traitement inégal entre Français et Tunisiens. Boursier, il était parti faire son droit à Paris, avait rencontré Mathilde Lorrain, une Française un peu plus âgée que lui dont il tomba amoureux et qui devint la mère de son fils. De retour en Tunisie il lança avec quelques amis *L'Action tunisienne*, un journal d'influence socialiste qui soutenait l'indépendance et prônait la laïcité. En 1934, le petit groupe créa le Néo-Destour.

Après la guerre, Habib Bourguiba fit un tour du monde pour convaincre les pays où il se rendait de soutenir l'indépendance tunisienne. Son obstination finit par payer. La France entama des pourparlers en faveur de l'autonomie. Mais après un blocage des négociations, il fut arrêté, envoyé dans un camp à Tabarka puis transféré à la prison de La Galite, une île située au nord du pays.

La lutte armée commença alors en Tunisie. Emprisonnements, tortures, assassinats, enlèvements. Des deux côtés, les morts et les blessés se comptaient par dizaines. La population était terrorisée, moins longtemps cependant qu'elle ne le serait en Algérie.

En juin 1954, mobilisé dans l'armée française à Kasserine en tant que réserviste pour combattre les fellaghas qui composaient le gros de la Résistance, mon père promit à ses amis tunisiens qu'il ne se battrait pas contre eux.

« Je préfère être tué », leur dit-il.

Rendu à la vie civile car ma mère était enceinte de moi, il rentra à Tunis. Il n'avait pas été blessé mais il était choqué par l'impréparation de l'armée française et par les décapitations commises par les fellaghas, auxquelles il avait assisté dans les douars. Le racisme des soldats français qui brutalisaient la population locale et mettaient à sac les petits commerces l'avait tout autant bouleversé.

Il avait eu peur aussi. Pendant des semaines il dormit avec son revolver de sergent sous son oreiller.

Quelques mois avant ma naissance, le 31 juillet 1954, Pierre Mendès France, président du Conseil en France, atterrit à l'aéroport d'El Aouina pour annoncer, dans son discours de Carthage, l'autonomie interne du pays.

Le 1er juin 1955, après plusieurs années d'exil en France, Habib Bourguiba débarqua à La Goulette sur le paquebot *Ville-d'Alger* qui arrivait de Marseille. Il forma tout de suite un premier gouvernement qui, pour la première fois depuis 1881, ne comportait pas un seul ressortissant français.

L'indépendance fut reconnue le 20 mars 1956, dans un salon du Quai d'Orsay à Paris. Elle mit le point final à soixante-quinze ans de protectorat. Les Français commencèrent à préparer leur départ. Dans la foulée, des élections donnèrent une victoire éclatante au Néo-Destour. Le 25 juillet 1957, Habib Bourguiba abolit le beylicat et proclama la République tunisienne, dont il devint le président.

Les Juifs tentaient de rester neutres. Ils attendaient de savoir à quelle sauce ils seraient accommodés. Ils étaient divisés comme toujours. Deux Juifs, trois opinions, dit un proverbe. Certains soutenaient l'indépendance, d'autres auraient préféré voir les Français rester. Le premier gouvernement leur avait donné des gages de bonne volonté. Un Juif tunisien, Albert Bessis, était ministre de l'Urbanisme. Il fut remplacé au même poste, un an plus tard, par André Barouch, Juif tunisien lui aussi. Mais les Tunisiens ne concevaient leur pays que musulman. Et les Juifs commencèrent à comprendre qu'ils étaient redevenus des citoyens de deuxième catégorie.

Pas tout à fait des dhimmis, sans doute, bien que ce statut infamant fut gravé dans leur inconscient, mais pas loin. Les petites humiliations se multiplièrent. Ils furent peu à peu poussés au départ, sans que jamais on ne leur dise officiellement de partir. Dix mille d'entre eux firent leurs bagages pour la France, tandis que cinq mille autres gagnaient Israël. C'était le début de la fin d'une interminable histoire qu'on n'imaginait pas devoir se terminer un jour.

Mon père songea-t-il à l'exil ? Cela n'avait rien d'évident. Ma mère ne possédait pas de diplôme. J'avais deux ans, ma sœur, quelques mois. Il venait de s'associer avec un confrère musulman, qui plaiderait bientôt à sa place. L'arabisation de l'administration mettait en difficulté les avocats qui, comme lui, ne maîtrisaient pas assez bien la langue. Faute de pouvoir exercer leur métier, ceux-là partiraient les premiers.

Après l'accession de Habib Bourguiba au pouvoir suprême, Bibi, toujours très lié avec mon père, lui proposa de le rencontrer.

Ils se rendirent ensemble au palais Essaada à La Marsa, une ancienne demeure beylicale. Le président s'y était installé après la proclamation de la République tunisienne. Il ne comptait pas y rester. Au début des années soixante, il fit bâtir un gigantesque palais à Carthage, à la mesure d'une mégalomanie qui ne faisait que s'accroître. Il y demeura jusqu'au coup d'État de Zine el-Abidine Ben Ali en 1987.

« Mon ami est un sympathisant de notre cause, lui dit tout de suite Bibi, après les salutations d'usage. Il a envie de rejoindre le parti. »

Il extrapolait. Mon père, sans doute intimidé, n'osa pas protester, d'autant que le président le félicitait déjà avec chaleur.

Il était sincère. Au début de son parcours, Bourguiba avait voulu intégrer les Juifs de Tunisie à son mouvement pour l'indépendance du pays. En devenant chef de l'État, il se montra plus ambigu. Non pas que ses convictions aient changé sur le fond, mais la realpolitik oblige à des compromis.

Dans la nouvelle Constitution, la religion islamique serait reconnue religion d'État, ce qui n'était pas pour rassurer les Juifs. En même temps, les textes leur assuraient de pouvoir exercer librement leur religion et de ne subir aucune discrimination. Et, depuis le départ des Français, les relations étaient devenues très cordiales avec les musulmans. Ils militaient de concert dans les partis politiques, travaillaient ensemble, cette proximité nouvelle leur laissait espérer qu'ils pourraient continuer de vivre normalement chez eux, contrairement à ce qui se passait en Irak et en Égypte. Là-bas, les Juifs discriminés, spoliés, emprisonnés, avaient été contraints de partir en abandonnant ce qu'ils possédaient.

C'était une pure illusion. Car il y avait déjà quelques bémols. La nouvelle république avait aboli le conseil élu qui dirigeait la communauté et l'avait remplacé par une « commission provisoire du culte israélite » nommée par le pouvoir. Passant outre l'opposition des religieux, elle avait supprimé le tribunal rabbinique qui gérait jusque-là le statut personnel de leurs coreligionnaires. Les citoyens juifs tunisiens avaient désormais affaire à la juridiction des tribunaux nationaux, ce qui en soi n'était pas une mauvaise chose. Mais certains y virent la volonté de les contrôler.

Par petites touches, le tableau d'une Tunisie sans ses Juifs se précisa. L'absence des Français signifiait la perte d'une bonne clientèle pour de nombreux commerçants juifs, les discriminations en matière commerciale ou administrative s'accumulaient, la prime à la nomination des musulmans dans la fonction publique devenait la norme, l'arabisation gagnait du terrain.

Les Juifs se sentaient découragés, promis à un avenir de citoyens de deuxième zone, comme du temps de la dhimma.

Ceux qui étaient français organisaient leur départ. Les autres gagnaient du temps. La situation se tendrait encore avec la montée en puissance des nationalismes en Orient, la situation difficile des Juifs au Maroc, la décolonisation de l'Algérie, la vive hostilité du monde arabe envers Israël même si Bourguiba se montrait plutôt modéré sur le sujet. Mais ni la classe politique ni la population, du moins une grande partie d'entre elles, ne partageaient ses idées.

Ce fut dans ce contexte compliqué que mon père rencontra le président. Malgré sa petite taille, il fut très impressionné par la poignée de main ferme et chaleureuse, et le regard clair de son interlocuteur qui le fixait sans le lâcher.

« Qu'il vienne ! dit le président en se tournant vers son fils. Qu'il vienne ! Il sera le bienvenu. »

Il avait un fort accent et semblait chercher ses mots en français. Il le parlait pourtant fort bien.

« Nous avons besoin de jeunes gens brillants et motivés comme vous l'êtes pour construire la Tunisie nouvelle », reprit-il en regardant cette fois mon père, qui en demeura sans voix.

Enthousiaste, Bibi répondit à sa place :

« Il n'y a qu'un seul obstacle, mon ami est français.

– Pas de problème, répondit le président. Un simple décret en conseil des ministres et ton ami réintégrera la nationalité tunisienne. »

Au plus profond de lui, mon père s'y refusait. Aussi décevante qu'elle ait pu se montrer pendant la guerre, et le mot était faible, la France protégeait ses ressortissants.

Qu'en serait-il à présent ? Et comment redevenir tunisien ? Après cette longue marche vers l'émancipation ? Dans un pays où les Juifs seraient condamnés à rester une minorité ? Ses filles devraient-elles étudier l'arabe au détriment du français ? Quel avenir y auraient-elles ? Il comprit qu'il devait partir sans tarder.

À Tunis, il se mit à étudier la comptabilité et à perfectionner son anglais. Il savait déjà que ses moyens et ses relations ne lui permettraient pas d'ouvrir son cabinet d'avocat en France. Et même s'il possédait quelques filets de protection – sa jeunesse, sa prestance, ses diplômes – il craignait l'échec. Il multiplia les courts voyages à Paris pour chercher un emploi. Envisagea d'acheter une charge notariale en province, renonça le jour où le vendeur lui demanda de « corsifier » l'orthographe de son patronyme en remplaçant les deux s par deux c.

« Vous comprenez, Fitoussi n'est pas un nom pour Dreux. »

Pourtant mon père prenait un soin particulier à gommer toute trace de métèque en lui. Il n'avait pas d'accent prononcé, ne parlait pas avec les mains, s'exprimait dans une langue châtiée, s'habillait avec élégance. Mais on ne trompe pas si aisément un Français de souche.

Pendant l'un de ses séjours parisiens, il s'était retrouvé par hasard dans un cercle de riches Juifs originaires d'Alexandrie, exilés à Paris, comme lui, qui le prirent en sympathie. Ils le convièrent à quelques réceptions somptueuses dans leur appartement du XVIe arrondissement où la fine fleur de la politique et des affaires avait l'habitude de se croiser. Mon père eut ainsi l'heureuse surprise d'y voir un soir Pierre Mendès France, le négociateur de l'indépendance tunisienne. Son héros.

Il raconta sa mésaventure de Dreux à ses nouveaux amis, qui lui proposèrent aussitôt de l'aider. Ils organisèrent un rendez-vous avec le patron d'une entreprise hollandaise qui recherchait un directeur administratif pour sa succursale française.

La proposition était alléchante : un bon salaire, des congés payés, un treizième mois, une voiture de fonction. Son déménagement et ses billets d'avion ainsi que ceux de sa famille seraient pris en charge.

Ses amis tunisiens ouvrirent de grands yeux quand il leur annonça sa bonne fortune.

« Tu as de la chance », lui dit oncle Pat, sincèrement réjoui pour lui.

Lui-même quitterait le pays deux ans après nous. Ainsi que l'avait formulé un ministre de Bourguiba, les Juifs avaient « le corps en Tunisie et le cœur ailleurs ». Un cœur qui pesait trois tonnes.

Trocadéro ! Le nom claquait comme un drapeau planté au milieu d'une terre à conquérir. On n'allait pas s'implanter dans la ville nouvelle de Sarcelles comme deux des frères de ma grand-mère, qui s'y installeraient un peu plus tard avec leurs familles. Là-bas, les appartements étaient modernes et spacieux, les loyers moins élevés qu'à Paris, les Juifs tunisiens y reformaient déjà une communauté qui serait leur emblème, avec celle de Belleville et du faubourg Montmartre.

Pour nous, ce n'était pas envisageable. Nous n'étions pourtant pas plus riches. Mais nous étions plus snobs. Ma mère n'en démordait pas, le standing avant tout. C'était l'un des mots en *-ing* des années soixante comme le *living*, le *brushing*, le *pressing*, que les adultes jetaient négligemment dans la conversation pour montrer qu'ils étaient à la page. On les prononçait en étirant longuement la bouche sur les côtés puis en la remontant pour que le *gue* final trouve sa place.

L'appartement que mes parents avaient loué dans cette petite rue délimitée par la place de Mexico et l'avenue Georges-Mandel, au troisième étage d'un immeuble moderne, était petit mais bien proportionné. Une entrée, une cuisine, un séjour, deux chambres à coucher, séparées par une salle de bains et des toilettes. Un papier peint aux motifs de toile de Jouy beige et gris tapissait le couloir et leur chambre qui donnait sur la rue.

Dans celle que nous partagions ma sœur et moi, deux lits superposés formaient un angle droit avec la fenêtre qui donnait sur un jardin triste, où s'épanouissait un marronnier. À la fois complices et rivales, nous nous amusions beaucoup ensemble et nous nous disputions tout autant. Sans doute imitions-nous nos parents dans nos conflits perpétuels. Tous nos rapports jusqu'à l'âge adulte, et même au-delà, seraient rythmés par ce cycle infernal, fâcheries, bouderies, embellies.

Sur les rares photos en noir et blanc que je possède, nous sommes presque identiques. Tout chez nous allait par deux, à commencer par nos années d'écart. Deux franges brunes coupées bien droit sur nos fronts, deux paires de couettes nouées par des rubans de soie pastel, deux sourires éclatants où manquaient les deux incisives. Nous avions les mêmes jeux, les mêmes rires, les mêmes rites. Nous portions les mêmes vêtements, des duffle-coats à carreaux gris et noirs, des pulls tricotés à la main, des jupes plissées confectionnées par notre grand-mère Reine qui les envoyait de Sousse avant qu'elle nous rejoigne à Paris, accompagnée de Victor. Avec les chutes de tissu, elle habillait aussi nos poupées blondes au regard bleu, qui ne nous ressemblaient pas.

Ma mère, qui ne travaillait pas, avait réclamé une « bonne couchante » pour s'occuper de nous. La mode dans la domesticité était alors aux Espagnoles. Ces jeunes filles, que la pauvreté contraignait à émigrer pour trouver du travail, cherchaient à se placer dans les familles du quartier, sans doute pour se rapprocher de l'ambassade, du consulat et de la mission catholique situés dans l'arrondissement. La plupart occupaient les minuscules chambres de service des immeubles hausmanniens, au sixième étage sans ascenseur, avec les sanitaires sur le palier.

Celles qui se succédèrent à la maison partageaient notre petite chambre. Aucune ne semblait convenir plus de quelques mois. Ou peut-être était-ce nous qui ne convenions pas.

Juanita n'avait que dix-neuf ans lorsqu'elle arriva à la maison. Son visage rond était encadré par de longs cheveux bruns et lisses qu'elle assagissait avec un large bandeau en stretch, comme c'était alors la mode.

Tout de suite, elle régenta nos vies. Bientôt elle dirigerait aussi celle de ma mère trop faible ou trop malade pour lui résister. Elle nous terrorisait mais elle était aussi notre garde–fou. Elle nous emmenait parfois à l'église, rue de la Pompe, où elle retrouvait ses compatriotes toutes vêtues de noir. Elle préférait les couleurs vives, empruntait les vêtements que ma mère achetait et qu'elle laissait dans ses placards quand elle repartait en clinique.

Les hommes la regardaient, mais elle affirmait que son fiancé, Miguel, l'attendait chez elle pour l'épouser. Drôle de fiancé qui laissait une beauté de dix-neuf ans partir pour la France, s'occuper de deux petites filles aux yeux étonnés. Nous ne savions pas alors combien était rude la misère sous le franquisme.

Comme elle ne comprenait pas le français, nous fûmes obligées d'apprendre l'espagnol. Je l'ai étudié ensuite au lycée et ne l'ai jamais oublié. Ses sonorités résonnent en moi presque comme une langue maternelle. Le hasard a voulu que mes enfants choisissent tous deux un conjoint espagnol. Échanger avec eux me renvoie très loin dans le temps.

Juani venait de Valladolid, une petite ville du centre de l'Espagne. Faute de moyens, elle ne téléphonait pas à sa famille, elle se contentait de leur envoyer des courriers et des mandats. Les jours où elle recevait une lettre que nous reconnaissions aux timbres, elle s'enfermait aux toilettes pour la lire. Quand elle en resssortait, les yeux rougis, nous redoublions de tendresse à son endroit. Elle interrompait nos caresses avec brusquerie, sans doute pour ne pas flancher.

Elle avait dû quitter sa vie en Espagne comme nous avions dû quitter la nôtre en Tunisie. Personne n'a jamais eu l'idée d'établir un parallèle entre nos situations respectives ni d'imaginer sa solitude, à l'aune de ce que mes parents connaissaient de l'exil. Et puis n'était-ce pas provisoire ? Elle retournerait un jour vivre dans son pays. Nous, nous étions là pour de bon.

Depuis des mois, oncle Pat et tante Jac tergiversaient comme tant d'autres autour d'eux. Fallait-il partir tout de suite ? Attendre un peu pour voir venir ? Rester ne semblait plus envisageable. Un incident survenu à l'été 1961, juste aprés les événements de Bizerte, les contraignit à prendre une décision rapide.

Les Tunisois profitaient comme à leur habitude des joies de la plage. Les femmes et les enfants étaient installés à Kheireddine ou La Marsa pour quelques mois, les hommes, comme oncle Pat, prenaient le TGM et rejoignaient leur famille en fin de journée.

Tante Jac attendait son troisième enfant. Un après-midi, elle s'aperçut qu'elle n'avait plus de lait pour le goûter des deux aînés. Elle monta dans sa voiture et, dans sa hâte, oublia son permis de conduire. Sur la route, elle fut arrêtée par deux policiers. En dépit de ses explications, puis de ses protestations, ils lui intimèrent l'ordre d'aller chercher ses papiers. Mais pris d'un accès d'autorité imbécile, ils refusèrent qu'elle reparte en voiture. Ils garderaient son véhicule en garantie de son retour.

Sous la chaleur écrasante de ce début de mois d'août, Jac repartit à pied. Puis elle refit la route dans l'autre sens. En rentrant chez elle, après avoir récupéré sa voiture, elle était si épuisée qu'elle dut s'aliter. Quand il revint, oncle Pat entra dans une rage folle. Il rumina sa colère toute la soirée. Ils partiraient ! Dès que possible ! C'était tout Pat, impulsif, énervé, soupe au lait, grand cœur et si amoureux de sa femme qu'il n'avait pu supporter sa détresse. Mais anxieux aussi car l'anecdote n'avait rien d'anodin. Le contexte était explosif.

La crise de Bizerte avait marqué les esprits. La ville qui comptait cinquante mille habitants dont une très ancienne communauté juive d'environ deux mille personnes, était aussi un port stratégique et, depuis le Protectorat, une base militaire.

Après l'indépendance, elle était restée dans le giron de la France. Dans l'esprit de Bourguiba, cette anomalie était provisoire. En juillet 1961 il réclama l'évacuation des troupes françaises. Le général de Gaulle chercha à gagner du temps. À ce moment crucial de la guerre d'Algérie, Bizerte était le seul endroit d'où la France pouvait envoyer des avions militaires contre le FLN.

Les manifestations se multiplièrent dans le pays pour réclamer le départ des Français, poussées et encadrées par le parti Néo-Destour. Bourguiba, qui voulait manifester la solidarité tunisienne à l'Algérie, lança un ultimatum à la France.

Paris refusa de plier. Tunis envoya des unités pour établir un blocus. 7 000 soldats d'élite français, appuyés par trois navires de guerre, furent parachutés sur Bizerte. La marine tunisienne céda. Le port fut bombardé. Dans les rues, les assauts redoublèrent d'intensité pendant trois jours. Le 23 juillet, les soldats français prirent le contrôle d'une grande partie de la ville. Un cessez-le-feu fut signé.

Pour les Tunisiens, le bilan était lourd. Un millier de morts, de nombreuses pertes parmi la population civile et beaucoup de blessés. En septembre, les négociations commencèrent. L'évacuation de Bizerte eut lieu dès octobre. Les relations diplomatiques reprirent entre la France et la Tunisie.

Fin de la crise ? Après le cessez-le-feu, une rumeur s'était propagée. Les Juifs de Bizerte avaient soutenu l'armée française, ils avaient même collaboré avec elle. C'étaient des traîtres ! Ils méritaient la prison !

Les maisons et les magasins juifs furent pillés. On entendit parler de pogroms. En un clin d'œil, la ville se vida de ses Européens. Si les Juifs français pouvaient aisément partir, les Juifs tunisiens, eux, étaient coincés. L'Agence juive intervint pour les aider. Entre le 1er août et le 1er octobre 1961, cinq cents d'entre eux émigrèrent en Israël. Quatre mille deux cents autres obtinrent des visas de court séjour pour quitter Tunis en toute hâte et se réfugier en France. Ils feignaient de prendre des vacances. La plupart ne revinrent pas.

Entre 1961 et 1962, trente mille Juifs partirent, malgré les mots rassurants du président pour les retenir. L'indépendance de l'Algérie voisine provoqua encore des départs. Le mouvement s'accéléra, amplifié à partir de 1964 par la politique socialiste appliquée par le secrétaire d'État à l'Économie, Ahmed Ben Salah.

Oncle Pat débarqua à Paris, avec tante Jac et leurs deux enfants. Mon père alla les chercher à Orly, au volant de sa nouvelle DS. Comble du chic, il portait des gants de peau perforés pour ne pas transpirer en conduisant.

« *Chouf ada*, dit mon oncle à un de ses amis qui avait pris le même vol. Regarde-le, celui-là, comme il a déjà changé ! »

Ces histoires d'adultes me passaient au-dessus de la tête. J'étais surtout très excitée par l'idée de revoir mes cousins. Il fut décidé qu'ils dormiraient chez nous, le temps que leurs parents, installés dans un hôtel voisin, trouvent un appartement. Notre chambre était déjà bien exiguë pour trois, mais qu'importe, on se serrerait, on mettrait un matelas par terre. Ils ne resteraient pas longtemps.

Oncle Pat trouva presque tout de suite un emploi dans une agence d'import-export de textile. Il partait en Asie acheter de la soie, ce qui nous impressionnait beaucoup. Les trajets en avion duraient vingt-quatre heures. Il rapportait des ivoires, des jades, des kimonos, des éventails et des photos de dîners gastronomiques en compagnie de geishas.

Tante Jac s'en amusait, cela faisait partie de l'aventure. Ses amis se moquaient bien un peu de Pat, comme ils se moquaient de tout ce qui sortait de l'ordinaire, mais au fond ils était fiers de lui. Il était leur Marco Polo juif tunisien.

Je l'entendais prononcer le nom de son patron, un Français de France, avec une déférence que je ne lui connaissais pas, lui d'ordinaire si ironique, si iconoclaste. Monsieur Machin par-ci, monsieur Machin par-là. Il n'avait que le mot Machin à la bouche. Les adultes autour de moi sous-entendaient que monsieur Machin était antisémite, et qu'oncle Pat était son bon Juif qui acceptait sans broncher ses réflexions acides. Vrai ou faux, Machin ne franchissait pas les limites car oncle Pat était une formidable recrue, au point qu'il le nomma gérant. Oncle Pat ne se méfia pas ; il était fier de sa promotion. Jusqu'à ce que la société fasse faillite et qu'il en soit tenu pour responsable. À partir de là, ce fut la dégringolade. Ses ennuis financiers commencèrent, accentués par ses innombrables parties de poker, ses virées à Enghien ou Deauville, ses paris sur les champs de courses. Le jeu devenait une addiction au point qu'il se fit interdire plusieurs fois volontairement de casino. Il gardait cependant la tête haute, dépensait sans compter, prêtait à qui voulait, flambait aussi l'argent qu'il ne possédait pas, n'avait pas son pareil pour se fourrer dans de mauvaises affaires, des coups foireux, dont il se tirait toujours par une pirouette, riait le premier de ses déconvenues, de ses interdits bancaires, et faisait volontiers rire à ses dépens.

Avec les années, rien n'était pour lui trop énorme, ni exagéré, mais à dire vrai je ne crois pas que la plupart de ses proches qui s'amusaient tant avec lui l'aient beaucoup aidé quand vint le temps de la dèche et des huissiers.

Durant toute mon enfance, au gré des séjours de ma mère en maison de santé, j'ai logé chez eux. La belle-mère et la belle-sœur d'oncle Pat, encore célibataire, habitaient là aussi. Cela nous paraissait normal. La solidarité familiale qui avait cours en Tunisie n'était pas remise en question en France. Ceux qui le pouvaient hébergeaient les fratries, s'occupaient des enfants, veillaient sur les personnes âgées. Personne n'aurait eu l'idée de placer son vieux parent devenu veuf dans une maison de retraite. On jugeait que les Français qui agissaient ainsi étaient sans cœur, même si la présence d'un tiers, aussi discrète fût-elle, finissait par peser. Mais on s'y résignait.

Leur premier appartement parisien était situé dans le quartier des abattoirs chevalins du XVe arrondissement. En partant au collège, tôt le matin, je voyais les chevaux affolés qu'on menait à l'équarrissage, les traînées de sciure répandues pour éponger le sang qui coulait dans les caniveaux. Les boucheries chevalines étaient nombreuses dans le quartier. On les reconnaissait à leur tête de cheval dorée sur le fronton. C'était le Paris des photos en noir et blanc, le laitier, le bougnat, les charrettes à bras des marchands des quatre-saisons, les vieux bistros enfumés qui sentaient le graillon. Un jour tout a disparu, la ville avait changé sans qu'on comprenne comment. Nous avions changé aussi, nous nous étions fondus dans la cité.

Plus tard oncle Pat, cédant au mirage des banlieusards, acheta une villa dans un condominium de l'Essonne, où, tous les weeks-ends, il tenait table ouverte pour ses amis et les amis de ses amis, et même ceux qu'il ne connaissait pas et qu'il recevait comme s'ils étaient des proches. Tante Jac passait la semaine à cuisiner ce qui serait englouti en deux jours. Ils dépensaient ainsi des fortunes mais Pat n'en avait cure, pourvu qu'il soit entouré et aimé, qu'il trouve des partenaires de cartes avec qui rigoler et se fâcher. L'aventure tourna court. Il accepta une fois de plus d'être caution dans une affaire douteuse et perdit sa maison. Il solda son désappointement d'un bon mot, comme toujours. « Je préfère un train de vie à une vie de train. » Et toute la famille revint à Paris.

Oncle Pap et tante Pim étaient arrivés un peu plus tard avec leur bébé de quelques mois. Ils n'avaient ni biens ni argent mais de l'énergie à revendre. Ils prirent un petit appartement à Boulogne. La mère d'oncle Pap s'installa avec eux, ma sœur vivait aussi là-bas quand ma mère était malade. Oncle Pap n'eut pas de mal lui non plus à trouver un emploi. Comme oncle Pat, il n'avait ni relations ni diplômes mais de l'intelligence et du bagout. Et comme oncle Pat, son humour décapant lui servait de sésame. Il fit une belle carrière dans la publicité, qu'il abandonna à regret au moment de la retraite. Pourtant il avait longuement hésité à quitter sa belle vie tunisoise. Tante Pim, elle, piaffait. Elle connaissait bien Paris pour y avoir vécu au temps de ses études et, puisque la situation l'exigeait, elle voulait s'y établir sans tarder. Du reste, Albert ne cessait de répéter que leur avenir n'était plus en Tunisie. Il l'avait compris avant tout le monde. Mais il partit après nous tous.

Bien des années plus tard, j'ai écrit un roman dont le titre ne m'a que très récemment paru évident : *Le dernier qui part ferme la maison.*

L'exil est-il toujours gravé en nous ?

Jusqu'au départ de mes grands-parents, nous avons passé le mois de juillet en Tunisie, dans les maisons qu'ils louaient pour l'été.

Au mois d'août, changement de cap. Direction la montagne. Toujours cette obsession tunisienne du bon air frais. La nôtre culminait à mille mètres dans le Massif central. Quelqu'un avait chaudement recommandé à mon père un home d'enfants situé au Chambon-sur-Lignon, en Haute-Loire, et il décida de nous y inscrire. Ces quelques séjours, qui datent du début des années soixante, sont restés gravés dans ma mémoire comme des moments lumineux.

Le Chambon et ses habitants ont collectivement été reconnus comme Justes parmi les nations par le gouvernement israélien en 1990. C'est à peu près à cette époque qu'on a commencé à en entendre parler car les Chambonnais sont des gens discrets. Je ne pense pas du reste que mes parents aient connu l'histoire de leur village. La connexion s'était faite un peu par hasard. Pendant l'occupation allemande, sous l'impulsion de deux pasteurs, Le Chambon et deux autres villages proches avaient hébergé des Juifs par centaines.

Les villageois avaient déjà montré leur courage, quelques années auparavant, en recueillant des républicains espagnols qui fuyaient le franquisme. Ils montrèrent une nouvelle fois leur humanité en cachant et en protégeant des Juifs, dont de nombreux enfants, qu'ils arrachèrent à une mort certaine En tout, plus de trois mille personnes furent sauvées grâce à eux.

L'accueil des enfants était déjà une tradition au Chambon depuis la fin du XIXe siècle. Des écoliers pauvres de Lyon et de Saint-Étienne venaient passer l'été dans des maisons créées à cet effet. Dès le début de la guerre, elles s'étaient multipliées pour abriter les petits Juifs. *Tante Soly* où nous aimions tant aller avait été fondée en 1940 par Émile et Solange Sèches, qui habitaient Saint-Étienne.

Exclu de sa profession en raison du statut des Juifs, Émile Sèches avait mis le cap sur Le Chambon avec sa femme et leurs trois enfants et ouvert cette pension. Les enfants qu'ils hébergeaient allaient à l'école du village ou au Collège cévenol, inscrits sous des noms d'emprunt.

Les Sèches pensaient retourner à Saint-Étienne quand la guerre serait terminée. Mais

Le Chambon leur plaisait, leur nouveau métier aussi. Secondés par une de leurs filles et par son mari ils continuèrent de recevoir des enfants, cette fois en vacances. Nous les appelions oncle Tom, tante Soly, tante Janine, oncle Becky. J'ai encore leurs visages en tête, celui de tante Soly, encadré d'une masse grise, les cheveux bruns et bouclés de tante Janine, le sourire d'oncle Becky, le bon rire d'oncle Tom. Pendant un mois ou plus ils remplaçaient nos familles, nous éprouvions pour eux une immense affection teintée de respect.

La maison, une grande bâtisse en pierre de deux étages, avec un toit pointu, donnait sur un vaste jardin, auquel on accédait par quelques marches. Des mélèzes poussaient autour. Ce plateau du Vivarais était le pays des forêts de conifères, des torrents qui grondaient à l'ombre des rochers et des sentiers bordés de fougères. Les odeurs de la terre humide, des aiguilles de pin, de la mousse au pied des grands arbres, de la résine, des morceaux d'écorce qu'on taillait pour en faire des radeaux, me procurent des sensations de joie pure dès que je les retrouve.

Chaque jour des occupations nouvelles nous attendaient dans la forêt. La cueillette des myrtilles pour confectionner tartes et confitures, les jeux de piste où le rôle de traceur était le plus prisé, la pêche aux écrevisses et les baignades dans la rivière, les goûters pris dans les clairières. Assis tous en rond, on se régalait de gros pain, de chocolat noir et de deux morceaux de sucre qu'on transportait dans des sacs à dos de grosse toile rêche. Au retour nous entonnions des chants scouts en nous suivant à la queue leu leu sur les chemins de montagne. J'ai puisé là mes plus beaux souvenirs d'enfant, mes premiers souvenirs d'en France.

Tous les étés, nous retrouvions nos anciens amis et nous nous en faisions de nouveaux, dont bientôt nous serions inséparables. La conversation interrompue par la fin des vacances précédentes recommençait comme si nous ne nous étions jamais quittés. La plupart des jeunes pensionnaires étaient juifs, mais pas comme nous. Ils avaient la peau claire et ne savaient pas où se situait la Tunisie. Ils étaient tous nés à Paris. Nous, nous arrivions noiraudes de nos mois de juillet à la plage, ce qui provoquait l'étonnement de tous. Le judaïsme revenait souvent dans nos jeux, et nos conversations d'enfants, même si beaucoup d'entre nous ne savaient pas ce que le mot signifiait.

Nous en connaissions assez cependant pour obéir à certains rituels. Ainsi, il ne fallait pas enterrer les insectes morts en dessinant une croix sur leur sépulture de sable. Certains disaient même qu'il fallait y poser des petits cailloux. Un autre avait suggéré une étoile de David mais la proposition ne fut pas retenue.

Entre nous régnait une connivence tacite, nous nous sentions déjà à part. J'ai supposé plus tard que ces enfants-là étaient ceux des pensionnaires cachés à Tante Soly pendant la guerre, ceux que les Sèches avaient sauvés.

Dans la vaste salle à manger, quatre grandes tables accueillaient trois fois par jour une vingtaine d'enfants pour les repas. Chacun avait sa place assignée. Au bout, s'asseyaient la monitrice ou le moniteur chargés de notre encadrement. La famille Sèches faisait le service cependant que tante Soly officiait en cuisine.

J'entends encore nos voix fluettes réclamer « beaucoup plus qu'énormément s'il te plaît, oncle Tom » quand on servait des pâtes ou des frites, ainsi que le voulait le rituel. Les carottes bouillies nous rendaient moins enthousiastes.

Quand un enfant recevait un colis, il était ouvert au moment du dessert devant tout le monde et son contenu partagé, à l'exception des livres. Mes parents m'en envoyaient deux chaque semaine et je les attendais avec impatience. Au moment de quitter les lieux, ma valise pesait double.

Un jour oncle Tom déposa sur la table un grand carton, un peu huileux par endroits. Il nous était adressé à ma sœur et moi. Nous n'étions pas à la même table mais nous pûmes échanger des regards à la fois nerveux et inquiets. Nous pressentions le pire.

Albert et Sarah avaient rempli le colis avec un soin et un amour auxquels nous ne fûmes pas du tout sensibles. Plus oncle Tom en sortait de denrées et plus nous nous ratatinions, submergées par la honte. Autour de nous, toute la tablée riait. Pour cacher notre trouble, nous les avons imités. En réalité nous avions envie de nous glisser sous la table ou d'aller nous enterrer jusqu'à la racine des cheveux dans le bac à sable du jardin.

Oncle Tom, qui avait peine à maîtriser son fou rire, brandit devant les tablées hilares trois bocaux de thon Josiane – d'où l'aspect huileux du colis –, deux de halva, un bocal de harissa, quelques boîtes de ces crèmes de gruyère, version tunisienne de La Vache qui rit, que nous appelions des petits Nestlé, des boîtes de lait concentré Gloria, des sardines, des anchois, des citrons confits, de la boutargue, des pistaches, et d'autres horreurs encore dont je ne me souviens pas. Il ne manquait que la boukha mais peut-être y en avait-il aussi.

« Eh bien, nous dit oncle Tom enfin calmé, d'un ton encore plus goguenard que d'ordinaire, vos grands-parents ont dû penser que vous ne mangiez pas assez chez nous. »

Dans nos lettres nous nous extasiions pourtant sur les soupes, les épinards que nous saupoudrions de sucre pour en atténuer l'amertume, les gratins de blettes, les tartes à la rhubarbe du potager dont nous nous régalions, nous qu'il fallait d'ordinaire supplier pour nous faire avaler la moindre bouchée. Il faut croire que cette nourriture roborative convenait à nos constitutions fragiles.

Mes grands-parents n'en avaient pas cru un traître mot. Des épinards ! Des blettes ! Des tartes à la rhubarbe du jardin !

Les pauvres petites ! *Mnaich 'alik*, devait s'écrier Sarah, au bord des larmes.

Si la Tunisie avait été plus proche, ils seraient sans doute venus nous chercher.

Le 5 juin 1967 resta gravé dans les mémoires des quelque vingt mille Juifs qui étaient demeurés en Tunisie. La guerre qui menaçait depuis des semaines, éclata soudain comme un orage violent entre Israël et l'Égypte.

Tôt ce matin-là, une foule arabe belliqueuse déferla dans les rues de Tunis. Les émeutiers qui marchaient sur le centre d'information américain et l'ambassade britannique, dont ils saccagèrent les bureaux, criaient « Vive Nasser », « À bas l'impérialisme juif ».

Ils s'attaquèrent ensuite aux boutiques juives, parmi les plus misérables, et à la grande synagogue de l'avenue de la Liberté, qu'ils incendièrent après avoir déchiré les livres saints et piétiné la Torah. Des passants furent sommés de décliner leur religion et molestés quand ils avouaient être juifs. D'autres furent frappés sur de simples soupçons. Les gens couraient un peu partout, cherchaient à s'abriter quand ils se trouvaient loin de chez eux. Terrorisés, certains

Juifs s'étaient enfermés à clé, d'autres s'étaient réfugiés chez des voisins musulmans abasourdis.

Albert avait tout de suite baissé son rideau de fer. Carmelo l'avait raccompagné au Belvédère en évitant les grandes artères. Il trouvèrent Sarah à la maison, avec ses voisines venues la rassurer. Elles avaient décidé de rester auprès d'elle jusqu'à l'arrêt des hostilités. La journée était folle. On s'appelait au téléphone d'une maison à l'autre pour raconter ce qui se passait dans son quartier ou dans sa rue. On se donnait des conseils pour éviter les endroits dangereux. Les pires rumeurs circulaient. Il y avait eu des assassinats, des pendaisons, Tunis brûlait. Rien n'était vrai mais tout aurait pu l'être. La foule était déchaînée, qui sait ce qui aurait pu se produire. Heureusement, il n'y eut ni morts ni blessés graves.

Le président Bourguiba intervint en fin d'après-midi. Dans un discours retransmis à la radio et à la télévision, il exigea l'arrêt immédiat des troubles. Personne parmi ses ministres ne l'avait tenu au courant de la situation. C'est du moins ce qu'il avança. On fit semblant de le croire. Le lendemain il envoya son Premier ministre présenter ses regrets au grand rabbin de Tunisie.

Trop tard. Le pays était sous le choc et les Juifs plus encore. Les exactions leur avaient semblé durer des siècles. Beaucoup avaient cru leur dernière heure arrivée.

Quelques jours plus tard, le ministre de l'Intérieur et le chef de la police furent licenciés, une centaine d'émeutiers arrêtés et jugés. Le retour à un semblant de normalité demanda plusieurs semaines. Les commerces rouvrirent. Mais les Juifs étaient traumatisés. Certains étaient partis pour la France dès le lendemain du 5 juin, sans attendre, sans même prendre la peine de ranger leurs appartements. Quelques vêtements dans une valise, un passeport, de l'argent planqué dans des sous-vêtements. C'était plus compliqué pour les Juifs tunisiens, qui imaginaient maintes ruses pour ne pas éveiller les soupçons des douaniers. La peur était plus que jamais palpable. Elle flottait dans l'air. Mais on ne fait pas de gros titres avec une atmosphère.

Quand les Juifs apprirent dans les jours qui suivirent que de nombreux Algériens et Égyptiens figuraient parmi les émeutiers, et qu'à leurs domiciles on avait trouvé des listes de noms juifs suivis de leurs adresses, l'inquiétude se mua en panique.

Que s'était-il exactement passé ? Son entourage avait-il dissimulé au président la gravité des émeutes ? Avait-il attendu sciemment la fin de la journée pour intervenir ? Ou plutôt, affaibli par une attaque cardiaque survenue trois mois auparavant, avait-il manqué de réflexes ? Certains disaient qu'il n'avait pas pu contrôler les clans rivaux de son parti, ni certaines ambassades arabes, celle d'Irak en particulier, qui avaient attisé la colère des foules.

Au cours d'un voyage au Proche-Orient, deux ans auparavant, Bourguiba avait été le premier chef d'État arabe à proposer à Israël une paix négociée. Mais sa position modérée était devenue intenable. Et les Juifs n'étaient pas prioritaires dans la construction de la Tunisie nouvelle. Bourguiba les sacrifia. À regret ? C'est possible. Mais il n'avait sans doute pas le choix.

La déflagration causée par ces départs soudains se fit longtemps sentir, même si le caractère optimiste des Juifs tunisiens reprit heureusement le dessus.

Pourtant ils laissaient derrière eux des vies entières, des souvenirs à chaque coin de rue, des morts qui ne seraient plus honorés. Pour les vieux, ce fut plus qu'un déchirement. Une amputation, aussi douloureuse que celle d'Albert.

Beaucoup eurent du mal à s'en remettre et beaucoup ne s'en remirent pas. Gaston Ghenassia, dit Enrico Macias, ce chanteur algérien qui avait débarqué en France fin 1961, était leur porte-parole. Quand il entonnait « J'ai quitté mon pays », des milliers d'exilés fondaient en larmes. Au cours de ces années qui virent l'indépendance des pays arabes, plus de neuf cent mille Juifs avaient, comme lui, quitté leurs pays. Un traumatisme que la plupart turent longtemps, faute de savoir comment en parler.

Mes grands-parents arrivèrent à Paris au courant de l'année 1967. Tante Pim leur avait loué un appartement situé boulevard de Strasbourg, au-dessus d'un cinéma spécialisé dans les films d'horreur. Le quartier était resté populaire, bien loin de la gentrification actuelle, il était vivant, proche des cafés du faubourg Montmartre où Sarah aimait rester des après-midi entières en compagnie de ses amies qui avaient toutes suivi leurs enfants.

Ninette habitait chez son fils Victor et sa femme Daisy, à Sarcelles. Désorientée, elle s'asseyait toute la journée devant la fenêtre de leur appartement. Comme elle perdait un peu la tête, elle se croyait en vacances à la plage. Elle répétait en arabe la phrase que chaque Tunisois avait l'habitude de prononcer en commençant sa villégiature : « Qu'on passe un bon séjour en famille et qu'on rentre tous heureux et sereins à Tunis. »

À peine installés, même sommairement, ceux qui prétendaient n'avoir aucune nostalgie avaient cependant reconstitué ce qui avait jusque-là fait le sel de leur vie. Judéo-Français en Tunisie, ils étaient devenus des Judéo-Tunisiens en France. Ils aimaient se réunir, être ensemble, se tenir chaud, parce que ainsi leurs vies étaient plus douces, plus drôles, plus colorées, plus supportables. Les bandes de copains, les parties de cartes, les virées rue du Faubourg-Montmartre ou à Belleville pour déguster des bricks à l'œuf ou des fricassées, les déjeuners du dimanche au Petit Dominique, dont les couscous boulettes et les poissons complets étaient cuisinés par une Auvergnate mariée à un Juif tunisien, et bien après, dans d'autres restaurants qui peu à peu deviendraient casher, sans qu'on ait très bien perçu le grand tournant du retour à la religion.

Et toujours, les chabbats, les mariages, les bar-mitsvas, les grandes et les petites fêtes et toutes ces traditions, ces expressions, ces mimiques, que leurs enfants, leurs petits-enfants allaient reproduire après eux, sans forcément ressentir l'envie d'apprendre leur histoire. Il faudrait du temps pour qu'ils posent des questions et tentent de se l'approprier comme le reste.

Les Français pouvaient bien ironiser sur leur accent, leurs manières, leurs tics et leurs travers, leur « folklore », ils n'en n'avaient cure. D'abord ils leur rendaient la pareille. Et puis personne ne savait se moquer d'eux-mêmes aussi bien qu'eux.

La majorité mit un point d'honneur à s'adapter. Ils serrèrent les dents, se retroussèrent les manches et en avant ! Les regrets seraient pour plus tard. Leur chanson préférée, toujours composée par Enrico leur idole, leur porte-parole, le seul qui les glorifiait, était désormais « Paris, tu m'as pris dans tes bras ». Ils travaillaient d'arrache-pied, occupaient sans honte les métiers les moins gratifiants pour ceux qui n'avaient ni argent ni diplôme. Ils étaient « capables », aurait dit ma mère. Ils le faisaient pour leurs enfants qu'ils incitaient à poursuivre de longues études et qu'ils rêvaient avocats, dentistes, médecins, experts-comptables, chirurgiens, opticiens, pharmaciens...

Si l'école ne leur réussissait pas, si la situation familiale les obligeait à travailler, les jeunes montaient des commerces. Des fortunes allaient naître dans le Sentier à partir de quelques bouts de tissu. Tout le monde ne s'enrichirait pas. Il y eut de la casse, des faillites, des maladies, des dépressions, des suicides, un peu de folie... Si certains retournaient souvent en Tunisie, c'était leur pays après tout, d'autres se refusaient à y remettre les pieds, le chagrin, le ressentiment parfois, étaient trop forts.

Ils étaient des exilés ordinaires, empreints de courage et de nostalgie, malheureux d'avoir été coupés de cette partie d'eux-mêmes restée là-bas pour toujours, mais heureux cependant d'être ici. Là-bas. Ici. Seuls ceux qui ont eu un jour à quitter leur pays pour tout recommencer ailleurs peuvent comprendre cette gymnastique mentale impossible. Même si les conditions sont différentes, le spleen de l'exil est le même pour tous.

La troisième génération, la mienne, a produit des artistes, des écrivains, des éditeurs, des journalistes, des producteurs, des cinéastes. Les générations suivantes sont allées plus loin encore dans leurs carrières et leurs choix de vie. Ce qui étonnait est devenu la norme.

Le ciel reste la limite. Il n'y a pas encore, à ma connaissance du moins, de cosmonaute juif tunisien.

Albert est mort quand j'avais vingt ans. Il ne m'en reste que des bribes. Son rire entrecoupé de toux. L'odeur de la Gitane sans filtre qui pendait de sa lèvre inférieure. La jambe droite de son pantalon raccourci au genou. À plus de soixante-dix ans, il avait recommencé sa vie à Paris, ouvert une minuscule mercerie rue du Faubourg-Saint-Denis avec le prêt d'honneur accordé par l'administration française. Sans ressources, il était obligé de travailler, lui qui avait été si riche. Il ne connaissait que ce métier.

Quatre fois par jour, car il rentrait déjeuner chez lui, il parcourait de son unique jambe, les cinq cents mètres qui séparaient l'appartement de son magasin. Pour un marcheur ordinaire c'était une promenade, pour lui cela devenait un exploit. Nous étions tous partagés entre l'admiration pour son courage et la tristesse pour une déchéance sociale qu'il ne considérait pas comme telle. Fidèle à son caractère, il ne se plaignait jamais.

Il est parti avant ma grand-mère.

« Sarah, lui avait-il souvent dit, jaloux jusque dans l'au-delà, quand je serai mort, ne porte pas le deuil, le noir ne te va pas. Ne te force pas non plus à venir sur ma tombe, tu détestes les cimetières et ça porte malheur. Mais je t'en supplie, ne te remarie pas… »

Elle n'avait pas osé lui désobéir. Et puis se remettre sur le marché, à son âge, cela ne se faisait pas.

Toute sa vie, Sarah était restée au fond d'elle-même cette fillette joyeuse, bonne vivante, mais dépressive et de santé fragile. La nourriture était son univers. Combien de couscous, de ragoûts, de petits plats longtemps mitonnés, de nourritures goûteuses n'a-t-elle pas préparés ? Combien d'heures n'a-t-elle pas passées à couper, malaxer, huiler, frire, rouler la semoule ou le nikitouche, pétrir la viande hachée de bœuf, d'agneau ou de poulet, incorporer de l'ail, de l'oignon, des œufs, des herbes de toute sorte, des légumes, pour en faire des entrées, des boulettes, des méninas, des makouds, du osban, de l'akoud, des tajines, avec pour seule récompense la satisfaction des estomacs repus.

Avoir une « bonne main » était pour elle le compliment suprême. Si on voulait la faire rosir de plaisir, on invoquait la finesse de ses boulettes. Pour qu'elle atteigne le nirvana, il fallait ajouter qu'elles étaient bien meilleures que celles de ses belles-sœurs ou de ses amies.

Plus que nous nourrir, il lui fallait nous gaver. À la fin d'un déjeuner où nous avions dégusté jusqu'à l'indigestion un de ses fameux couscous, elle nous proposait « une petite côtelette d'agneau » car, disait-elle, « tu n'as rien mangé » . La variante de « tu as tout laissé ».

Elle-même aimait la nourriture au-delà du raisonnable. Sa gourmandise faisait notre joie, sa drôlerie aussi, toujours partante pour sortir, s'amuser, jouer aux cartes. Nous l'adorions, ma sœur et moi, telle qu'elle était, généreuse et faussement candide, avec ses grosses cuisses, sa démarche lourde, ses fous rires, ses indignations de façade, ses dictons rabâchés, ses proverbes estropiés, ses superstitions et ses croyances qui nous faisaient hausser les épaules, et puis la beauté radieuse de son visage que les années n'avaient pas modifié.

Elle nous chantait des chansons désuètes dont les paroles me reviennent encore avec son phrasé particulier (*Voyant ses sœurs Mathilde et Berthe / tendre leur pied en pure perte / l'humble Cendrillon se laissaaaa chausser*). Elle nous appelait ses petits poulets, nous assurait de son amour en arabe et en français avec des expressions plus ou moins intraduisibles, sorties de leur contexte. « *Mnaich 'Alik, Ranindour*

Alik, Nemchikoubara. » Ma sœur l'imitait à la perfection. « *Smella la benti* », « *Aich benti,* mange, je t'en supplie. » Auprès d'elle, de sa bonne humeur, de sa fantaisie, de sa chaleur, nous nous sentions en sécurité, loin de la folie des adultes.

Elle devinait sans qu'on lui les lui confie nos chagrins et nos blessures, nous pressait contre sa poitrine aussi moelleuse qu'un coussin, même si nous tentions immédiatement d'échapper à son étreinte en protestant que nous étouffions. Enfouies entre ses bras tendres, nous respirions son odeur, la poudre de riz, son parfum à la violette et l'eau de fleur d'oranger, son remède universel, et nous nous sentions tout de suite armées pour affronter le monde quand elle nous laisserait aller.

Après la mort d'Albert, Sarah a quitté l'appartement du boulevard de Strasbourg et gagné, à son corps défendant, le XVIe arrondissement pour se rapprocher de ses enfants. Elle se plaignait sans cesse de la situation de son studio qui donnait sur une petite rue bordée de jardins ouvriers. Elle la trouvait trop silencieuse.

Pour n'importe qui, ce calme, cette verdure auraient représenté un rêve. Pour elle, c'était un cauchemar. Postée tout le jour à la fenêtre, ainsi que l'avait fait sa mère depuis longtemps décédée, elle dépérissait dans ce quartier qu'elle jugeait loin de tout.

Elle ne pouvait plus sentir l'agitation de la ville, entendre le bruit des voitures et des klaxons, regarder les passants en imaginant leurs vies, descendre et héler un taxi, retrouver en quelques minutes ses amies dans un café des Grands Boulevards, pour évoquer les belles années en mangeant une glace. C'était désormais trop loin pour elle qui se déplaçait avec difficulté. Chaque journée la plongeait un peu plus dans la nostalgie et la tristesse.

« La vieillesse est un naufrage », répétait-elle.

À tort ou à raison, elle attribuait cette phrase au général de Gaulle. Affaiblie par la maladie et cette nostalgie qui ne l'avait jamais quittée, elle se laissa submerger, perdit la mémoire. Elle s'éteignit doucement à Sainte-Périne, une maison de retraite de son quartier, où il avait bien fallu la faire admettre. Les derniers temps, elle ne nous reconnaissait plus.

L'exil lui avait rongé l'âme.

Victor et Reine sont arrivés en France peu après nous, sans argent. Leurs enfants les aidaient mais ce n'était pas suffisant. Ils vivaient dans un studio minuscule au sixième étage sans ascenseur dans une petite rue du XVIe arrondissement, et grimpaient leurs escaliers deux fois par jour. Ils supportaient cette fin de vie peu confortable avec une résignation dont je ne mesurais pas alors l'étendue. Leurs disputes étaient de plus en plus fréquentes, sans doute en raison de l'exiguïté de leur espace.

Je déjeunais souvent chez eux car mon collège était situé à quelques rues de leur appartement. Reine me préparait des plats succulents et me regardait les manger sans rien goûter elle-même. Comme Sarah, son amour pour nous se déployait dans tout ce qu'elle faisait, un gâteau, un vêtement, un tricot, elle était simplement moins démonstrative. Elle détestait que je lui apporte des fleurs, car c'était du gaspillage. Elle comptait chaque sou. Les privations de la guerre avaient laissé des traces, sa peur de manquer était plus présente que jamais.

En partant, elle laissa une somme coquette sur son compte en banque. Dans la monumentale armoire à glace, vestige de l'appartement de Sousse, qui occupait presque la moitié de la pièce, on trouva aussi un manteau de vison neuf, jamais porté, acquis avec les économies d'une vie.

Reine et Victor sont enterrés à Bagneux. Je n'y suis jamais allée. Sans doute n'est-il pas trop tard. Mais personne dans la famille de Bagneux ne nous a jamais fédérés, comme tante Pim, qui nous a toujours fait croire qu'aller au cimetière pour honorer nos morts pouvait être aussi un moment loufoque.

Quand mes parents se sont séparés, ma mère, ma sœur et moi avons déménagé à Boulogne, une banlieue qui a l'avantage d'être proche du XVIe arrondissement tout en étant plus abordable.

Tous les matins, ma mère épluchait les petites annonces du *Figaro*, cochait celles qui l'intéressaient d'une main un peu tremblante à cause des médicaments, téléphonait à l'agence d'une voix ferme et légèrement hautaine, dont elle avait gommé toute trace d'accent tunisien :

« Je cherche un living et deux chambres. »

Trop cher, trop excentré, trop petit, trop grand. Elle barrait et passait au suivant. Elle avait le don de trouver rapidement l'oiseau rare. Au début, ma sœur et moi partagions une chambre. Ma mère avait la sienne. Lassée de nos disputes, elle installa son lit dans le salon pour que nous puissions faire nos devoirs sans nous chamailler.

Nous n'avions aucune notion de goût ni de décoration. Ces termes nous étaient inconnus, au contraire de tante Pim qui, même sans argent, se débrouillait pour rendre son appartement confortable. Un lit, une table de chevet, un bureau nous suffisaient. Rien d'assorti dans les couleurs, ni de recherché dans le mobilier. Nous ne possédions aucune référence, aucun code parisien, il nous faudrait longtemps pour les acquérir.

Les premiers temps d'un changement d'adresse étaient toujours gais. Ma mère sortait presque tous les soirs, allait dîner, danser, rentrait tard. Après le départ de Juani, des femmes de ménage, toujours espagnoles, s'occupaient de nous, le bain, le plateau-repas devant le feuilleton à la télé, le rituel du coucher. Mon père venait nous chercher tous les matins en voiture pour nous accompagner à l'école, et plus tard au lycée. Il vérifiait nos carnets de notes, notre tenue, nos fréquentations. Il était très présent dans nos vies. Étions-nous heureuses ? En paix, certainement. Et nous aimions tant notre mère.

Sans qu'on sache vraiment pourquoi, les jours heureux sombraient peu à peu. Sa gaieté, son énergie, son envie de vivre se dégonflaient doucement et finissaient par choir sur le parquet du salon comme un petit tas de linge sale et froissé. Elle avalait des somnifères comme d'autres des bonbons, sans se soucier de leur effet destructeur.

Parfois mélancolique et suicidaire, d'autres fois si survoltée que mes tantes devaient la traîner de force chez le psychiatre, l'issue des crises était la même. La clinique, les cures de sommeil, les doses massives de neuroleptiques, les séances d'électrochocs. À son retour, elle nous montrait les minuscules points noirs que les électrodes avaient laissés sur ses tempes.

Cette face-là, elle ne l'aimait pas et nous ne l'aimions pas non plus. Sa souffrance était trop forte. Nous finissions toujours par lui pardonner quand ses actes ou ses paroles dépassaient les limites acceptables, même pour des enfants aguerries comme nous l'étions.

Elle se cognait aux parois d'une prison invisible, contre les murailles d'une maladie d'autant plus insidieuse que personne ne la comprenait, pas plus les autres que nous. Tout ce noir nous effrayait trop.

Nous préférions de loin l'autre visage, charmant, aimable, atypique, si drôlement imprévisible, qu'elle retrouvait peu à peu quand elle se sentait guérie. Elle révolutionnait alors la maison de santé, la transformait en une succursale du Club Méditerranée, organisait des fiestas dans les jardins, flirtait avec les plus séduisants des malades et même avec les médecins. Elle se sentait à l'aise partout, se faisait de nouveaux amis, elle aimait être au centre. Même dans la maison de retraite où, la mort dans l'âme, nous avons dû nous résoudre à la faire admettre les dernières années de sa vie, elle était très populaire parmi les soignants.

Pendant ses absences qui duraient longtemps, mon père et toute la famille s'occupaient de nous. Nous ne manquions de rien, nous avions de l'affection à revendre. Mais nous l'attendions avec impatience. Comme elle, nous voulions repartir de zéro, recommencer encore une fois. Celle-là serait la bonne.

Pour nous faire vivre, la pension alimentaire allouée par mon père ne suffisant pas, elle acceptait des boulots de vendeuse dans des boutiques de prêt-à-porter, la plupart du temps au faubourg Saint-Honoré, car c'est là qu'elle s'habillait quand elle avait de l'argent. Le commerce. C'était tout ce qu'elle savait faire, et elle y excellait.

Elle avait de bonnes manières, parlait quatre langues, et avec ses cheveux mordorés et son sourire ravageur, elle ressemblait un peu à Jeanne Moreau avec laquelle il arrivait qu'on la confonde. Elle sentait bon, Madame de Rochas, Y de Saint Laurent, elle était coquette, prenait soin d'elle, et nous apprenait à le faire, portait les tenues qu'elle achetait à la boutique au « prix coûtant » en demandant à sa patronne d'en étaler les paiements sur ses salaires.

Elle nous racontait ses clientes friquées, les robes qu'elle leur vendait, les tours qu'elle leur jouait parfois en leur fourguant des vêtements déjà portés, ses fous rires avec les autres employées ou la directrice du magasin.

Très jeunes nous avons su distinguer ce qui est « couture » et ce qui ne l'est pas, et les diktats éternels de la mode, du moins ceux qui l'étaient à l'époque, comme ne jamais porter du bleu marine en hiver.

Elle travaillait parfois dans des endroits indignes d'elle, mais elle était courageuse, elle se retroussait les manches, même si elle ne tenait pas longtemps. Une mauvaise remarque, des trajets trop longs, des horaires impossibles pouvaient la faire basculer en enfer.

Assez vite ses crises recommençaient puis se succédaient dans un tourbillon qui semblait ne jamais avoir de fin.

Quand les derniers jours du mois étaient rudes, elle partageait en trois le dernier billet dans son porte-monnaie de cuir rouge dont l'intérieur était en loques. Pour rien au monde elle ne l'aurait remplacé, il possédait ce pouvoir magique de se remplir aussitôt qu'il se vidait.

Il arrivait à ma mère de nous réveiller le matin, désolée, parce que le porte-monnaie rouge ne fabriquait plus d'argent. Nous n'avions pas de quoi acheter un ticket de métro, et si mon père ne venait pas nous chercher, nous allions au lycée à pied. Le soir la supérette nous faisait crédit. La patronne avait l'habitude. Nous avions un compte, et ma mère réglait toujours ses factures.

Nous n'étions pas inquiètes. Bientôt l'agent payeur des Allocations familiales sonnerait à la porte. De sa lourde sacoche de cuir, il sortirait les billets salvateurs. Il les compterait et les poserait sur la table en formica de la cuisine. Pour un peu, on l'aurait embrassé, ce gros type chauve qui ressemblait à un nounours à lunettes. Mais sa lèvre inférieure pendait sur son menton, il avait une verrue sur le nez et une mauvaise haleine. On se contentait de le remercier. Son argent était vite dépensé.

Dans ses petits carnets, ma mère refaisait inlassablement ses comptes. Tous les mois elle était à découvert, son banquier avait beau l'appeler, la menacer, rien n'était trop beau pour nous. Nous allions au lycée La-Fontaine dans le XVIe arrondissement, il fallait être habillée à la dernière mode, ne pas passer pour des pauvresses. Elle s'y employait quitte à s'endetter encore.

Sa distraction nous effrayait. Elle devait produire tant d'efforts pour se concentrer. Nous la surnommions « la Martienne ». Elle était maladroite, détestait le sport, n'avait jamais pu conduire à nouveau, le moindre appareil électrique était pour elle une énigme.

Elle ne s'intéressait pas à nos études, mais elle était fière de nos résultats. Elle nous aimait avec obstination, tout ce que nous faisions lui plaisait. Elle nous écoutait, acceptait nos choix, enfourchait nos idées, même les plus saugrenues, et nous en avons eu plus d'une. Elle prétendait que c'était nous qui l'éduquions et que nous étions privilégiées de vivre à Paris, loin de sa Tunisie provinciale et étriquée.

Elle a adopté sans hésiter les hommes que nous avons aimés, elle les a tous traités comme les fils qu'elle n'avait pas eus et qui ne lui manquaient pas. Jusqu'à son dernier souffle, elle nous a répété qu'elle avait eu de la chance d'avoir des filles.

Ma mère n'a pas eu la vie promise par son milieu, ses parents, son enfance de princesse gâtée, son mariage grandiose.

Sa maladie, son arrivée en France, cet exil qu'elle n'avait pas choisi même si elle l'endossait crânement, son divorce, sa solitude, ses responsabilités trop lourdes, ses filles à élever, l'avaient encore fragilisée. Elle était une paria, une déclassée et puis Paris était trop dur, trop grand, trop impitoyable. Sa vie aurait-elle été différente si elle était restée en Tunisie ?

Pour se venger, elle se moquait des hommes, des patrons, de mon père, de tout ce qui lui passait par la tête. Elle abusait de son franc-parler, de sa façon de dire sans détour ce qu'elle pensait.

Aucun détail ne lui échappait, son ironie était inimitable. Et son très grand culot aussi. C'était une rebelle à sa façon, une révoltée de l'existence, qui avait fait de sa folie une arme d'autodestruction massive.

Elle nous aura transmis son insolence, sa liberté de ton, son sens de la provocation. Mais je suis loin de l'égaler. Elle savait voir le côté comique des choses, tourner la gravité en dérision, et surtout elle aimait rire. Son rire était contagieux. Elle était notre mère et notre enfant, notre héroïne et notre démon. Géniale et dingue, fragile et courageuse, affectueuse et toxique, excessive et responsable.

Je sais combien sa vie a été difficile, même si je lui en ai tant voulu d'avoir rendu la nôtre impossible.

En réglant son humeur, le lithium l'a sauvée et nous a sauvées aussi. Vingt ans de rémission avec quelques rechutes étouffées dans l'œuf par les prescriptions du généraliste. Plus de psychiatres, plus de neurologues, plus de cliniques, plus de traitements lourds. Elle revivait. Nous aussi.

Elle avait trouvé un travail qui l'amusait beaucoup : vendre au téléphone des placards publicitaires destinés aux revues des grandes écoles. Elle avait vieilli mais sa voix était toujours aussi enjôleuse. Elle travaillait sous pseudonymes, le plus souvent s'ajoutait une particule, pour inspirer confiance. Géraldine de Villecourt était le plus improbable de tous. Nous racontions ces histoires avec fierté. Notre mère si débrouillarde.

Ses trois petits-enfants ont adouci sa vieillesse. Elle leur tricotait des layettes, accourait dès que nous avions besoin d'elle pour les garder, leur apprenait à tricher au rami et au poker, se rendait utile le jour et la nuit, sans rechigner, avec une bonne humeur toujours mâtinée d'un peu de folie.

Comme si, en s'occupant si bien d'eux, c'était notre enfance qu'elle réparait.

L'arbre était toujours là. Je l'ai reconnu tout de suite. Un peu plus fourni que dans mon souvenir, le printemps commençait à peine. C'était la première fois que je venais dans cet ancien atelier d'artiste au plafond d'une hauteur peu commune. Une verrière couvrait tout un mur et inondait le salon de lumière. À l'opposé, quatre fenêtres donnaient sur la cour au marronnier et sur le petit trois pièces où nous avions vécu ma famille et moi en arrivant à Paris.

La coïncidence me surprit d'abord, puis j'en acceptais l'augure. C'était comme un signe du ciel, le clin d'œil de l'enfant que je fus à la femme que j'étais devenue. L'appartement à la verrière était celui de G., l'homme dont je partage l'existence depuis bientôt trente ans. Aujourd'hui que nous vivons ensemble, la voisine d'en face, c'est moi. Je travaille le plus souvent de mon lit et de temps à autre, je scrute la fenêtre. Quelques mètres à peine séparent mon passé de mon présent et c'est troublant. Si je ferme les yeux, je revois les murs jaunes où ma sœur et moi affichions nos dessins à grand renfort de papier collant, les lits superposés, le divan de Juani, l'armoire de bois clair, la malle à jouets. Je distingue nos silhouettes frêles, deux petites filles sages qui s'inventaient des familles avec leurs poupées, pour éviter de comprendre que la leur se délitait. J'observe le marronnier, saison après saison, en hiver quand ses branches décharnées se tordent vers le ciel, au printemps quand pointent les premiers bourgeons. L'été, une maladie racornit ses feuilles. Il faudra peut-être l'abattre un jour.

La confrontation de mon univers avec celui de G. fut rude, sans doute plus qu'avec le père de mes enfants dont le milieu d'intellectuels chrétiens était pourtant à l'opposé du mien. Mais je l'aimais, ce qui aplanit bien des obstacles. Et j'avais une telle envie de m'ancrer dans la France. Nous avions aussi, pour nous rapprocher, la passion du journalisme, notre métier commun. Et plus tard, nos deux enfants, dont nous sommes, avec raison, si fiers.

En rencontrant G., j'ai appréhendé une autre altérité, celle des Juifs européens hantés par la perte. Avec lui, j'ai découvert la Pologne, l'Allemagne, le yiddish, les shtetls, les terres de sang, les mondes engloutis, la Shoah obsessionnelle, les disparus omniprésents, le traumatisme à fleur de peau, la difficulté d'exprimer ses sentiments. Tout le contraire de nous, Juifs d'Orient dégoulinants d'émotions, cœur et tripes ouverts à tous les vents.

Notre couple est un petit condensé d'histoire juive, le nord et le sud réunis pour le meilleur et pour le pire, avec ses éternels clichés, la froideur et la chaleur, la distance et la proximité, la tristesse et la joie, les épices et la fadeur. Autant de sources de plaisanteries éculées et de malentendus réels. Nous avons appris à mélanger le feu et la glace, le citron et le vinaigre, le frit et le bouilli, la boukha et la vodka, l'exubérance et l'introversion.

Ces 13 % de gènes ashkénazes qui font partie de mon ADN nous ont-ils permis de nous rejoindre ? Ou est-ce plutôt le fait que les contraires s'attirent ? Nous n'avons mis qu'une trentaine d'années, à peine, pour réussir à nous comprendre et à nous accepter tels que nous sommes. Je lui dois la prise de conscience de ma judéité, même si je demeure plus que jamais éloignée de la pratique religieuse. Je lui dois encore la découverte d'Israël, à quarante ans passés. Cette rencontre tardive résulte de rendez-vous ratés, et sans doute d'un manque de curiosité de ma part. Pendant longtemps j'ai eu bien d'autres centres d'interêt.

À ma grande surprise, j'ai tout de suite été attirée par ce pays qu'il connaissait par cœur depuis son enfance et qu'il m'a fait parcourir du désert à la mer. Ce fut même un coup de foudre. Il y a encore quelques années, cela me paraissait tellement loin de moi.

« Il a fallu que j'aille à Tunis pour comprendre Jérusalem », m'a dit l'historien Yaron Tsur, celui-là même qui m'a fait découvrir le Hida.

Tunis, parce que c'est là-bas que la première confrontation entre les Européens et les Orientaux, les Granas et les Touansas, a eu lieu. Quelques siècles plus tard, quand cinq cent mille Juifs séfarades se sont réfugiés en Israël, l'incompréhension s'est reproduite. La Terre promise s'est montrée bien ingrate à leur endroit. L'élite ashkénaze qui dirigeait le pays les a ostracisés, maltraités, rejetés aux marges, exclus des postes de pouvoir. Il a fallu du temps pour que la fusion des communautés s'accomplisse, même de façon imparfaite.

Tunis aussi, pour la mosaïque de peuples, de langues et de cultures, qui composent Israël aujourd'hui. Ces mélanges qui m'attirent et me bouleversent, déclenchent en moi une douce nostalgie associée à des bouffées de joie pure. J'aime retrouver là-bas ces fragments de mon pays natal mélangés à tant d'autres, ce brassage de populations, ce patchwork de musiques, de nourritures, de parlers, cette jeunesse débordante d'énergie, cette modernité extrême conjuguée à des traditions millénaires. Et puis la Méditerranée, ma vraie patrie, l'orientalité, la chaleur, la lumière, le *balagan* qui signifie chaos, la gaieté, la solidarité, la décontraction, la rudesse et la tendresse, les paradoxes poussés à l'extrême, l'espérance comme mantra. Et tous ces visages si différents et si familiers, que je ne ne me lasse pas d'observer pour deviner d'où ils viennent, toutes ces histoires dont le romanesque le dispute au tragique, tous ces destins résilients qui mis bout à bout composent une bibliothèque humaine, à l'échelle de ce pays impossible qui reste un petit miracle.

L'histoire et la géographie du monde ne sont pas seulement gravées sur des pierres tombales. À Tel Aviv, à Jérusalem et dans tout le pays, on les croise à tous les coins de rues. Ce nouvel attachement qui m'étonne encore est une strate de plus à mon identité, qui s'ajoute aux autres et n'en soustrait aucune.

Ma mère est partie il y a dix ans.

On croit que les morts restent là où on les met en terre. C'est faux. Ma mère n'est pas souvent à Pantin. Elle se balade. Elle surgit sans crier gare et se pose n'importe où, devant moi, sur mon épaule, chuchote à mon oreille, me regarde par la fenêtre de l'immeuble d'en face quand l'hiver arrive et que je vois alors ma chambre d'enfant. Je la distingue même l'été, quand les feuilles du marronnier ont poussé et qu'elles cachent notre ancien appartement. Je l'entends chanter Mouloudji de sa voix de fausset. « Comme un p'tit coqu'licot mon âme » ou « Bonnes gens, écoutez la triste ritourneeelle ». Il me prend alors le désir de l'accompagner. Je ne chante pas plus juste.

J'ai envie de lui téléphoner tous les matins. De parler de tout et de rien à cette mère imaginaire, que je remodèle en oubliant le pire, en ne prenant que ses meilleurs moments.

Depuis que mon petit-fils est né, j'ai le sentiment d'être entrée dans sa peau. Comme elle, j'apporte des paquets, de la nourriture, des vêtements de bébé, je prends des métros, je monte des étages sans rechigner, j'accours au moindre signal. Elle l'aurait tellement aimé, ce blondinet aux yeux bleus qui ressemble tant à sa mère, ma fille, sa petite-fille, ce qui a fait dire avec drôlerie à une de mes amies que j'avais « blanchi ma descendance ».

La vie est un éternel recommencement, affirmait souvent Sarah. Ma mère avait repris ce mantra à son compte. Je l'adopte à mon tour.

Je n'ai jamais tant ressenti sa présence, qu'en ce dimanche après-midi d'octobre, une belle journée d'automne, où le ciel pur et l'air translucide donnaient envie d'embrasser l'univers.

En débarrassant la cave de l'appartement où elle avait vécu, je l'ai retrouvée un peu partout, autour de moi, éparpillée en minuscules fragments.

Elle était présente dans ces quelques meubles dépareillés, dans cette vaisselle, dans ces chaussures entassées dans des sacs de plastique, dans ces vêtements de bébé soigneusement pliés dans des cartons où ils attendaient depuis trente ans qu'une nouvelle génération surgisse et leur rende vie.

Elle était là, aussi, dans ces objets que j'ai eu envie de garder, moi qui jette tout sans pitié, un couteau à manche de bois, trois tasses, des assiettes, deux salières de cristal qui l'évoquaient mieux que n'importe quelle photo.

Elle était dans cette valise vers laquelle mes yeux ne cessaient de se tourner. Un vieux bagage poussiéreux, marron et moche. Attachée à la poignée de cuir, une étiquette affichait son prénom, son nom, son adresse, notés de cette cette écriture tremblotante que je ne connaissais que trop.

G. a proposé de la récupérer pour ranger des affaires. On ne s'en servirait jamais, mais bien sûr j'ai accepté. Nous l'avons laissée dans la cave, creusée dans la cour qui sépare les deux immeubles. Elle est là, à mes côtés, plus proche qu'à Pantin. Je veille sur elle comme elle veille sur moi.

Comme la valise de ma mère, j'ai bouclé la boucle. Je suis revenue à mon point d'arrivée à Paris, il y a plus de six décennies. Plus riche d'une existence remplie de blessures et d'amour, de succès et de doutes. Je l'ai vécue avec panache, car je viens d'un pays qui m'a appris la joie de vivre et d'un peuple qui célèbre la vie par-dessus tout.

Et puis j'ai eu cette chance, la chance inouïe de vivre en France.

Remerciements

Merci à ma famille de Pantin, de Bagneux, de Paris, de Tunis et d'ailleurs.

Merci à Marlène et Pierre-Alain Pariente, tante Pim et oncle Pap, à mon père, André Fitoussi, pour leur mémoire si précise.

Un remerciement spécial à tante Pim pour m'avoir fourni le titre de ce livre.

Merci à ma sœur Brigitte Fitoussi dont l'enfance accompagne la mienne dans ce livre. Suzy Zeitoun, notre mère, nous manque toujours autant.

À Eric Hayat qui m'a gentiment prêté certains de ses souvenirs, en particulier ceux de Simon et Ninette.

À Myriam Levain pour sa très belle photo d'un immeuble de Tunis qui a inspiré le dessin de la couverture.

À Léa Domenach et à Hugo Domenach, mes enfants, présents comme toujours, qui ont ouvert la voie de la transmission familiale. Et à leurs délicieux conjoints, Aitor Alfonso et Claudia Del Prado qui les accompagnent aujourd'hui.

Merci à Manuel Carcassonne, qui a tout de suite cru en ce livre et a veillé sur lui avec une indéfectible amitié.

À Susanna Lea, mon agente et amie, à sa complicité affectueuse.

À Paloma Grossi, ma talentueuse éditrice.

Merci à Isabelle Seguin, qui fut l'accompagnatrice de ma toute première tentative, il y a trente ans déjà.

Et bien sûr merci, merci, merci, à Guy qui sait, comme moi, qu'entre le couscous et la carpe farcie, il existe mille et un compromis.

Ce livre est dédié à Abel, mon petit-fils de Paris, mais je n'oublie pas Milo, Lili et Mina, mes petits-enfants de Tel Aviv, cette histoire est un tout petit peu la leur.

Mes remerciements vont encore à tous ceux qui ont nourri ce livre, parfois sans le savoir, avec des interviews, des discussions, des anecdotes, des questions, des photos, des punchlines, des rires, de l'affection, des souvenirs ou des silhouettes en toile de fond :

Valérie Abécassis, Mohamed Allagui, Moncef Attia, Nathalie Azoulai, Françoise Benichou-Poulard, Janine Boublil, Paul Boujenah, Jean-Louis Boujenah, Linda Capoano Le Pen, Alain Chouffan, Marie-Françoise Colombani, Nicolas Domenach, Lotfi El Hafi, Ines Fellous, Sonia Fellous, Emmanuel Fitoussi, Liza Fitoussi, Margaux Fitoussi, Gérard Fitoussi, Neila Guellaty, Moncef Guellaty, Dominique Guetta, Henda Haddad, Cathy Hagège, Julia Hayat, Marc Hayat, Edith Hayat, Betty Hayat, Jean-Luc Hayat, Mouna Jamal-Silia, Thomas Kelly, Habib Khazdaghli, Samia Kassab-Charfi, Myriam Levain, Camille Levy, Diane Mazloum, Solange Chiche-Repelski, Jean-Lou Repelski, Claire Rubinstein, Paul Salmona, Frédérique Sarfati-Romano, Guy Sitbon, Karine Tuil, Yaron Tsur, Moshe Uzan, Serge Uzzan, Paul Zarca, Claude Zeitoun, Jacotte Zeitoun, Martine Zeitoun, Fréderic Zeitoun, Laura Zeitoun.

Et aussi aux auteurs d'ouvrages, articles, films, spectacles, documentaires, conférences, podcasts, sites, qui m'ont aidée à comprendre cette histoire pluri millénaire.

Michel Abitbol, David Abulafia, Bernard Allali, Jean-Pierre Allali, Mohamed Allagui, Jacques Alexandropoulos, Robert Attal, Richard Ayoun, Haim Yosef David Azoulay, Michel Boujenah, Olfa Ben Achour, George Bensoussan, Francine Belaisch Scemama, Sophie Bessis, Juliette Bessis, Laure Blevis, Colette Bismuth-Jarassé et Dominique Jarassé, Robert Borgel, Gilles Boulu, David Cazès, Katie Cicurel, Denis Charbit, Fatma Cherif, Cleo Cohen, Georges Cohen, Roger Cohen, Denis Cohen-Tannoudji, Vitali Danon, Paul Ghez, Jeremy Guedj, Charles Haddad de Paz, Gisèle Halimi, Pierre Hubac, Colette Fellous, Marc Fellous, Michèle Fellous, Sonia Fellous, Ruggero Gabbai, Annie Goldmann, Claude Hagège, Habib Kazdaghli, Lionel Levy, Armand Maarek, Gérard Maarek, Guy de Maupassant, Abdelwahab Meddeb, Albert Memmi, Georges Memmi, Nine Moati, Serge Moati, André Nahum, Claude Nataf, Alain Nejdar, Martino Oppizzi, Cecil Roth, Ryvel, Jacques Sabille, Gilles Samama, Francine Sarfati, Pierre Savy, Paul Sebag, Simon Schama, Claude

Sitbon, Benjamin Stora, Leo Strauss, Jacques Taïeb, Claude Tapia, Lucette Valensi, Raphael Valensi, Vehel, Yosef Yerushalmi, Bat Yeor, Bernard Zarca, Colette Zytnicki.

Enfin, merci à la Société d'Histoire des Juifs de Tunisie, au Cercle de généalogie juive, à la Bibliothèque de l'Alliance Israélite, au musée d'art et d'histoire du Judaïsme ; aux revues *K*, *L'Arche*, *Archives Juives* ; aux sites internet Akadem, Harissa.com, MyHeritage.com, Millim ; au compte instagram Stay Tunes ; aux diverses pages Facebook consacrées aux Juifs de Tunisie, qui permettent de les faire vivre et revivre au quotidien.

Cet ouvrage a été composé
par PCA
et achevé d'imprimer en France
par CPI BRODARD & TAUPIN (72200 La Flèche)
pour le compte des Éditions Stock
21, rue du Montparnasse, 75006 Paris
en février 2023

Stock s'engage pour
l'environnement en réduisant
l'empreinte carbone de ses livres.
Celle de cet exemplaire est de :
950 g éq. CO_2
Rendez-vous sur
www.editions-stock-durable.fr

PAPIER À BASE DE
FIBRES CERTIFIÉES

Imprimé en France

Dépôt légal : mars 2023
N° d'édition : 01 - N° d'impression : 3051885
76-51-6524/6